卞尺丹几乙し丹卞と
Translated Language Learning

Alice's Adventures in Wonderland

Alicine Dobrodružstvá v Krajine Zázrakov

Lewis Carroll

English / Slovenčina

Down the Rabbit Hole
Do králičej nory

Alice was beginning to get very tired
Alice začínala byť veľmi unavená
she was sitting by her sister on the grass bank
Sedela vedľa svojej sestry na trávnatom brehu
but she had nothing to do
ale nemala čo robiť
her sister was reading a book
jej sestra čítala knihu
once or twice Alice peeped into the book
raz alebo dvakrát Alice nahliadla do knihy
but the book had no pictures or conversations in it
ale v knihe neboli žiadne obrázky ani rozhovory
"what use is a book without pictures?," thought Alice
"Načo je kniha bez obrázkov?" pomyslela si Alica
"why would a book have no conversations?"
"Prečo by kniha nemala viesť žiadne rozhovory?"
but she had other things to consider

ale musela zvážiť aj iné veci
"making a chain of daisies would be a pleasure"
"Vyrobiť reťaz sedmokrások by bolo potešením"
"but is it worth the effort of getting up and picking the daisies??"
"Ale stojí to za námahu vstať a zbierať sedmokrásky??"
this was not so easy to think about
Nebolo také ľahké o tom premýšľať
because the day was making her feel sleepy and stupid
pretože v deň sa cítila ospalá a hlúpa
but suddenly her thoughts were interrupted
ale zrazu sa jej myšlienky prerušili
a White Rabbit with pink eyes ran close by her
Biely králik s ružovými očami bežal blízko nej

There was nothing overly remarkable about the rabbit
Na králikovi nebolo nič prehnane pozoruhodné
and Alice did not think the rabbit remarkable either
a Alica tiež nepovažovala králika za pozoruhodného
nor did it surprise her when the Rabbit spoke

ani ju neprekvapilo, keď Králik prehovoril
"Oh dear! I shall be too late!" he said to himself
"Ó, bože! Prídem neskoro!" povedal si
but then the Rabbit did something that rabbits didn't do
ale potom Králik urobil niečo, čo králiky neurobili
the Rabbit took a watch out of its waistcoat-pocket
Králik vytiahol z vrecka vesty hodinky
he looked at the time and then hurried on
Pozrel sa na čas a potom sa ponáhľal ďalej
Alice got to her feet, in amazement
Alica sa v úžase postavila na nohy
she had never seen a rabbit with a waistcoat before!
nikdy predtým nevidela králika s vestou!
nor had she ever seen a rabbit with a watch!
ani nikdy nevidela králika s hodinkami!
Alice was burning with a new curiosity
Alice horela novou zvedavosťou
and she ran across the field after the Rabbit
a bežala cez pole za Králikom
she was just in time to see the rabbit disappear
Bola práve včas, aby videla, ako králik zmizol
the rabbit hopped down into a large rabbit-hole
Králik skočil do veľkej králičej nory
In another moment, down went Alice after the rabbit!
O chvíľu išla Alica dole za králikom!
The rabbit-hole went straight on like a tunnel
Králičia nora išla rovno ako tunel
and the tunnel kept going for some distance
a tunel pokračoval v určitej vzdialenosti
and then the path suddenly dipped down
a potom cesta náhle klesla
Alice had not a moment to think about stopping herself
Alica nemala ani chvíľu na to, aby sa zastavila
she found herself falling down and down and down
zistila, že padá dole a dole a dole
it seemed as if she had fallen down a very deep well
zdalo sa, akoby spadla do veľmi hlbokej studne

Either the well was very deep, or she fell very slowly
Buď bola studňa veľmi hlboká, alebo padala veľmi pomaly
because she had plenty of time to fall
pretože mala dosť času na pád
as she was falling she could look all around her
keď padala, mohla sa rozhliadnuť všade okolo seba
First, she tried to make out where she was going
Najprv sa snažila zistiť, kam ide
but the well was too dark to see anything
ale studňa bola príliš tmavá na to, aby niečo bolo vidieť
then she looked at the sides of the well
Potom sa pozrela na boky studne
and she noticed that there were cupboards all around her
a všimla si, že všade okolo nej sú skrine
and all around the well were book-shelves
a všade okolo studne boli police s knihami
here and there she saw maps and pictures hung upon pegs
Tu a tam videla mapy a obrázky zavesené na kolíkoch
She took down a jar from one of the shelves as she passed
Keď prechádzala okolo, zložila z jednej z políc nádobu
the jar was labelled for its content
nádoba bola označená pre svoj obsah
"MARMALADE MADE FROM ORANGES"
"MARMELÁDA Z POMARANČOV"
but, to her great disappointment, the marmalade jar was empty
ale na jej veľké sklamanie bola nádoba na marmeládu prázdna
she did not want to drop the empty marmalade jar
Nechcela upustiť prázdnu nádobu na marmeládu
and her fall was very slow
a jej pád bol veľmi pomalý
so she managed to put the marmalade jar into one of the cupboards
Podarilo sa jej teda vložiť nádobu na marmeládu do jednej zo skríň
Down, down, down she fall!
Dole, dole, dole padá!

Would the fall ever come to an end?
Skončí sa niekedy pád?
There was nothing else to do
Nedalo sa nič iné robiť
so Alice soon began talking to herself
a tak sa Alica čoskoro začala rozprávať sama so sebou
"Dinah will miss me very much tonight, I should think!"
"Myslím, že Dinah budem dnes večer veľmi chýbať!"
Dinah was Alice's cat
Dinah bola Alicina mačka
"I hope they'll remember her saucer of milk at tea-time"
"Dúfam, že si spomenú na jej tanierik s mliekom pri čaji."
"Dinah, my dear, I wish you were down here with me!"
"Dina, moja drahá, kiež by si bola tu so mnou!"
Alice felt that she was dozing off
Alice cítila, že driema
and then suddenly, thump! thump!
A potom zrazu búch! úder!
down she fell upon a heap of sticks
Spadla na hromadu palíc
and she landed on a pile of dry leaves
a pristála na hromade suchého lístia
and finally the long fall down the hole was over
a nakoniec sa dlhý pád do diery skončil
Alice was not a bit hurt
Alice nebola ani trochu zranená
and she jumped up within a moment
a o chvíľu vyskočila
She looked up, but it was all dark overhead
Pozrela sa hore, ale nad hlavou bola tma
in front of her was another long corridor
Pred ňou bola ďalšia dlhá chodba
and the White Rabbit was still in sight
a Biely králik bol stále na dohľad
he was hurrying down the corridor
Ponáhľal sa chodbou
There was not a moment to be lost

Nebolo možné strácať ani chvíľu
off ran Alice like the wind
Alica utekala ako vietor
around the corner turned the rabbit
Za rohom sa králik otočil
she was just in time to hear the rabbit
Bola práve včas, aby počula králika
""Oh, my ears and whiskers"
"Ach, moje uši a fúzy"
"how late it's getting!"
"Ako je neskoro!"
She was close behind the rabbit
Bola tesne za králikom
she turned around another corner
Zabočila za ďalší roh
but the Rabbit was no longer to be seen
ale Králika už nebolo vidieť
She found herself in a long, low hall
Ocitla sa v dlhej, nízkej hale
the hall was lit up by a row of ceiling lamps
Sála bola osvetlená radom stropných lámp
There were doors all around the hall
Všade po hale boli dvere
but all the doors were locked
ale všetky dvere boli zamknuté
she walked all the way down one side of the hall
Prešla celou cestou po jednej strane chodby
and she had walked all the way up the other side of the hall
a prešla celú druhú stranu chodby
she had tried every door
vyskúšala všetky dvere
and she walked sadly down the middle of the hall
a smutne kráčala stredom chodby
"how am I ever going to get out again?"
"Ako sa ešte niekedy dostanem von?"

Suddenly she came upon a little table
Zrazu prišla k malému stolíku
the table was made entirely of solid glass
Stôl bol celý vyrobený z masívneho skla
There was nothing on the table but a tiny golden key
Na stole nebolo nič iné ako malý zlatý kľúč
the key might belong to one of the doors!
kľúč môže patriť jedným z dverí!
but, alas! some of the locks were too large for the keys
ale, bohužiaľ! Niektoré zámky boli príliš veľké na kľúče
and for the other locks the key was too small
a pre ostatné zámky bol kľúč príliš malý
but, at any rate, the key opened none of the doors
ale v každom prípade kľúč neotvoril žiadne dvere
but what was she to do?
ale čo mala robiť?
she went through the hall again
Znova prešla chodbou
and this time she noticed a low curtain
a tentoraz si všimla nízku oponu
behind the curtain was a little door

Za závesom boli malé dvere
the door was about fifteen inches high
dvere boli vysoké asi pätnásť palcov
She tried the little golden key in the lock
Vyskúšala malý zlatý kľúč v zámku
and to her great delight, the key fit in the lock!
a na jej veľkú radosť sa kľúč zmestil do zámku!
Alice opened the door
Alica otvorila dvere
and she found the door led into a small corridor
a našla dvere vedené do malej chodby
the corridor was not much larger than a rat-hole
chodba nebola oveľa väčšia ako krysia diera
she knelt down and looked along the corridor
Kľakla si a pozrela sa po chodbe
and she saw the loveliest garden you have ever seen
a videla najkrajšiu záhradu, akú ste kedy videli
how she longed to get out of that dark hall
Ako túžila dostať sa z tej tmavej siene
how she wanted to wander among those bright flowers
Ako sa chcela túlať medzi tými žiarivými kvetmi
how cool refreshing those fountains looked
Ako chladne vyzerali tieto fontány
but she could not even get her head through the doorway
ale nedokázala dostať ani hlavu cez dvere
"Oh," said Alice, mournfully
"Ach," povedala Alice smutne
"how I wish I could fold up like a telescope!"
"Ako by som si priala, aby som sa mohla zložiť ako
ďalekohľad!"
"I think I could fold up like a telescope"
"Myslím, že by som sa mohol zložiť ako ďalekohľad"
"if I only knew how to begin"
"Keby som len vedel, ako začať"
Alice went back to the table
Alica sa vrátila k stolu
there was the chance of finding another key

Bola tu šanca nájsť ďalší kľúč
or there might be a book of rules
alebo môže existovať kniha pravidiel
the book could tell her how to fold up like a telescope
Kniha by jej mohla povedať, ako sa má zložiť ako ďalekohľad
This time she found a little bottle
Tentoraz našla malú fľaštičku
"this bottle certainly was not here before," said Alice
"Táto fľaša tu určite predtým nebola," povedala Alice
and tied around the neck of the bottle was a paper label
a okolo hrdla fľaše bola uviazaná papierová etiketa
the label was beautifully printed in large letters
štítok bol krásne vytlačený veľkými písmenami
"DRINK ME"
"VYPI MA"
"No, I'll look first," she said
"Nie, najprv sa pozriem," povedala
"I'll see whether the bottle is marked as poisonous or not,"
"Uvidím, či je fľaša označená ako jedovatá alebo nie,"
because she never forgot the lesson about poison
pretože nikdy nezabudla na lekciu o jede
"if a bottle is labelled poisonous, it's bound to disagree with you"
"Ak je fľaša označená ako jedovatá, určite s vami nebude súhlasiť"
However, this bottle was not marked as poisonous
Táto fľaša však nebola označená ako jedovatá
so Alice ventured to taste the content of the bottle
a tak sa Alica odvážila ochutnať obsah fľaše
she found the liquid quite to her liking
Zistila, že tekutina sa jej páči
the drink had a sort of mixed flavour
nápoj mal akúsi zmiešanú chuť
cherry-tart, custard, and pineapple
čerešňový koláč, puding a ananás
roast turkey, toffee, and toast with hot butter
Pečené morčacie mäso, karamelu a toast s horúcim maslom

and she soon finished off the bottle
a čoskoro fľašu dopila
"What a curious feeling!" said Alice
"Aký zvláštny pocit!" povedala Alica
"I am folding up like a telescope!"
"Skladám sa ako ďalekohľad!"
And she was folding up like a telescope indeed!
A naozaj sa skladala ako ďalekohľad!
She was now only ten inches high
Teraz bola vysoká len desať centimetrov
and her face brightened up at her thoughts
a jej tvár sa rozjasnila pri myšlienkach
now she was the the right size for the little door
teraz mala správnu veľkosť pre malé dvierka
now she could go into that lovely garden
Teraz mohla ísť do tej krásnej záhrady
soon she stopped getting smaller
čoskoro sa prestala zmenšovať
she decided on going into the garden at once
Rozhodla sa, že ihneď pôjde do záhrady
but, alas for poor Alice!
ale, beda úbohej Alici!
she got to the door
Dostala sa k dverám
but she had forgotten the little golden key
ale zabudla malý zlatý kľúč
she went back to the table for the key
Vrátila sa k stolu pre kľúč
but she found she could not reach high enough
ale zistila, že nemôže dosiahnuť dostatočne vysoko
she could see the key quite plainly through the glass
cez sklo videla kľúč celkom jasne
she tried to climb up the legs of the table
Pokúsila sa vyliezť po nohách stola
but the glass was far too slippery
ale sklo bolo príliš klzké
eventually she tired herself out with trying

Nakoniec sa unavila skúšaním
and the poor little girl sat down and cried
a úbohé dievčatko si sadlo a plakalo
Alice spoke to herself rather sharply
Alica hovorila k sebe dosť ostro
"Come, there's no use in crying like that!"
"Poď, nemá zmysel takto plakať!"
"I advise you to stop right this minute!"
"Radím vám, aby ste v tejto chvíli prestali!"
She generally gave herself very good advice
Vo všeobecnosti si dávala veľmi dobré rady
though she very seldom followed her own advice
hoci sa veľmi zriedka riadila vlastnými radami
and she sometimes was too harsh on herself
a niekedy bola na seba príliš tvrdá
and her words brought tears into her eyes
a jej slová jej vháňali slzy do očí
Soon her eye fell upon a little glass box
Čoskoro jej zrak padol na malú sklenenú škatuľku
the little glass box was lying under the table
Malá sklenená škatuľka ležala pod stolom
in the glass box was a very small cake
V sklenenej krabici bol veľmi malý koláč
on the cake some words were beautifully written
Na torte boli niektoré slová krásne napísané
the words had been marked in currants
slová boli označené ríbezľami
"EAT ME"
"JEDZ MŇA"
"Well, I'll eat the cake," said Alice
"Nuž, ja zjem koláč," povedala Alica
"and if the cake makes me grow larger, I can reach the key"
"a ak ma koláč zväčší, môžem dosiahnuť kľúč"
"and if the cake makes me grow smaller, I can creep under the door"
"a ak ma koláč zmenší, môžem sa vkradnúť pod dvere"
"so either way I'll get into the garden"

"Tak či onak, dostanem sa do záhrady"
"and I don't care which of the two happens!"
"A je mi jedno, čo z toho sa stane!"
She ate a little bit of the cake
Zjedla kúsok koláča
and she anxiously spoke to herself:
a úzkostlivo si prehovorila:
"Which way? Which way?"
"Ktorýmkoľvek smerom? Ktorýmkoľvek smerom?"
and she held her hand on her head
a držala si ruku na hlave
she wanted to feel which way she was growing
chcela cítiť, akým spôsobom rastie
she was quite surprised to find what had happened
Bola dosť prekvapená, keď zistila, čo sa stalo
she had remained the same size!
Zostala rovnakej veľkosti!
so this time she doubled her efforts
Tentoraz teda zdvojnásobila svoje úsilie
and soon she finished off the whole cake
a čoskoro dokončila celý koláč

The Pool of Tears

Kaluž sĺz

"This is getting more and more interesting!" cried Alice

"Toto je čoraz zaujímavejšie!" zvolala Alica

You can see she was very surprised

Môžete vidieť, že bola veľmi prekvapená

"I'm opening out like the largest telescope there ever was!"

"Otváram sa ako najväčší ďalekohľad, aký kedy bol!"

"Good-bye, feet! Oh, my poor little feet"

"Zbohom, nohy! Ach, moje úbohé nožičky"

"I wonder who will put on your shoes for you now, dears?"

"Som zvedavý, kto vám teraz obuje topánky, drahí?"

"and I wonder who will put on your stockings?"

"A som zvedavý, kto ti oblečie pančuchy?"

"I shall be a great deal too far away"

"Budem príliš ďaleko"

"I won't be able trouble myself about you anymore"

"Už sa o teba nebudem môcť trápiť"

Just at this moment her head struck against something

Práve v tejto chvíli jej hlava narazila na niečo

she had reached the roof of the hall

dosiahla strechu haly

in fact, she was now more than two meters tall

v skutočnosti bola teraz vysoká viac ako dva metre

and she at once took up the little golden key

a hneď vzala malý zlatý kľúč

and she hurried off to the garden door

a ponáhľala sa k záhradným dverám

Poor Alice! There was not much she could do

Úbohá Alica! Nemohla toho veľa urobiť

she laid down on one side

Ľahla si na jednu stranu

and she looked through into the garden with one eye

a jedným okom sa pozrela do záhrady

but to get through was more hopeless than ever

ale dostať sa cez to bolo beznádejnejšie ako kedykoľvek predtým

She sat down and began to cry again
Sadla si a začala znova plakať
She went on shedding gallons of tears
Pokračovala v prelievaní litrov sĺz
soon there was a large pool all around her
čoskoro bol všade okolo nej veľký bazén
and the water reached half-way down the hall
a voda siahala do polovice chodby
After a time, she heard a little pattering of feet
Po chvíli začula malé dupot nôh
she heard the feet coming from the distance
z diaľky počula chodidlá
and she hastily dried her eyes to see what was coming
a rýchlo si osušila oči, aby videla, čo príde
It was the White Rabbit returning
Bol to Biely Králik vracajúci sa
he was splendidly dressed
Bol nádherne oblečený
he had a pair of white gloves in one hand
v jednej ruke mal pár bielych rukavíc
and he had a large feather fan in the other hand
a v druhej ruke mal veľký vejár z peria
He came trotting along in a great hurry
Prišiel klusom vo veľkom zhone
and he muttered to himself, "Oh! the Duchess, the Duchess!"
a zamrmlal si pre seba: "Ach! vojvodkyňa, vojvodkyňa!"
"Oh! won't she be savage if I've kept her waiting!"
"Ach! nebude divoká, keby som ju nechal čakať!"

When the Rabbit came near her, Alice spoke
Keď sa k nej Králik priblížil, Alica prehovorila
but she spoke in a low, timid voice
ale prehovorila tichým, nesmelým hlasom
"sir, please stop what you're doing for one moment"
"Pane, prosím, na chvíľu prestaňte s tým, čo robíte"
The Rabbit startled violently
Králik sa prudko zľakol
he dropped the white gloves and the feather fan
Zhodil biele rukavice a vejár z peria
and he scurried away into the darkness as fast as he could
a utekal do tmy tak rýchlo, ako len mohol,
Alice picked up the feather fan and gloves
Alice zdvihla vejár z peria a rukavice
and she kept fanning herself while she kept talking
a stále sa ovívala, zatiaľ čo hovorila
"Dear, dear! How strange everything is today!"
"Drahý, drahý! Aké zvláštne je dnes všetko!"
"yesterday things went on just as usual"

"Včera to pokračovalo ako zvyčajne"
"Was I the same when I got up this morning?"
"Bol som rovnaký, keď som dnes ráno vstal?"
"But if I'm not the same, there is another question"
"Ale ak nie som rovnaký, je tu iná otázka"
"Who in the world am I?"
"Kto som preboha?"
"Ah, that's the great puzzle!"
"Ach, to je tá veľká hádanka!"
As she said this, she looked down at her hands
Keď to povedala, pozrela sa na svoje ruky
she was wearing one of the rabbits little white gloves
mala na sebe jednu z malých bielych rukavíc králikov
she hadn't noticed she put the glove on while talking
Nevšimla si, že si pri rozprávaní nasadila rukavicu
"How can I have done that?" she thought
"Ako som to mohla urobiť?" pomyslela si
"I must be growing small again"
"Musím byť opäť malá"
She got up and went to the table to measure her height
Vstala a išla k stolu, aby si zmerala svoju výšku
she found that she was now about half a meter tall
zistila, že je teraz asi pol metra vysoká
and she was still shrinking rapidly
a stále sa rýchlo zmenšovala
She soon found out what the cause of the shrinking was
Čoskoro zistila, čo bolo príčinou zmenšenia
the feather fan was making her smaller again!
Vejár peria ju opäť zmenšoval!
and she dropped the feather fan hastily
a rýchlo pustila vejár z peria
she dropped the feather fan just in time to save herself
Pustila vejár z peria práve včas, aby sa zachránila
**had she fanned herself any longer she would have shrunk
away entirely**
Keby sa ešte viac ovívala, úplne by sa stiahla
"That was a narrow escape!" said Alice

"To bol tesný únik!" povedala Alica
and she was a good deal frightened at the sudden change
a bola veľmi vystrašená náhlou zmenou
but she was very glad to find herself still in existence
ale bola veľmi rada, že stále existuje
"And now, off to the garden!"
"A teraz do záhrady!"
And she ran with all speed back to the little door
A rozbehla sa celou rýchlosťou späť k malým dverám
but, alas! the little door was shut again
ale, bohužiaľ! malé dvierka sa opäť zavreli
and the little golden key was lying on the glass table again
a malý zlatý kľúč opäť ležal na sklenenom stolíku
"Things are worse than ever," thought the poor child
"Veci sú horšie ako kedykoľvek predtým," pomyslelo si úbohé dieťa
"I never was so small as this before, never!"
"Nikdy predtým som nebol taký malý, nikdy!"
As she said these words, her foot slipped
Keď vyslovila tieto slová, noha sa jej pošmykla
and in another moment there was a great splash!
a o chvíľu sa ozval veľký špliech!
she was up to her chin in salt-water
bola po bradu v slanej vode
Her first idea was that she had somehow fallen into the sea
Jej prvá myšlienka bola, že nejako spadla do mora
However, she soon realized what she was in
Čoskoro si však uvedomila, v čom je
she was in a pool of tears
bola v kaluži sĺz
the tears she had wept when she was two meters tall
slzy, ktoré plakala, keď bola dva metre vysoká

Just then she heard something
Práve vtedy niečo začula
something was splashing about in the pool
Niečo sa špliechalo v bazéne
the splashing came from a little way off
Špliechanie prichádzalo z malej vzdialenosti
and she swam nearer to see what the splashing was
a plávala bližšie, aby videla, čo je to špliechanie
she soon saw that it was only a little mouse
čoskoro videla, že je to len malá myška
the little mouse had slipped in to the water too
Myška tiež vkĺzla do vody
Alice thought to herself about the situation
Alica sa zamyslela nad situáciou
"Would it be of any use to speak to this mouse?"
"Bolo by užitočné hovoriť s touto myšou?"
"Everything is so up-side-down down here"
"Všetko je tu hore nohami"
"I should think very likely this mouse can talk"
"Myslím si, že táto myš vie hovoriť"

"at any rate, there's no harm in trying"
"V každom prípade nie je na škodu sa o to pokúsiť"
So she began trying to talk to the mouse
Začala sa teda pokúšať rozprávať s myšou
"Oh Mouse, do you know the way out of this pool?"
"Ach, myš, poznáš cestu von z tohto jazierka?"
"I am very tired of swimming about here, Oh Mouse!"
"Som veľmi unavený z plávania tu, ó myš!"
The mouse looked at her rather inquisitively
Myš sa na ňu pozrela dosť zvedavo
the mouse seemed to wink with one of its little eyes
Zdalo sa, že myš žmurkla jedným zo svojich malých očí
but the little mouse said nothing
ale myška nepovedala nič
"Perhaps the mouse doesn't understand English," thought Alice
"Možno myš nerozumie po anglicky," pomyslela si Alica
"I dare say it's a French mouse"
"Trúfam si povedať, že je to francúzska myš"
"perhaps this mouse came over with William the Conqueror"
"možno táto myš prišla s Viliamom Dobyvateľom"
So she began again, in French
A tak začala znova, po francúzsky
"Where is my cat?" she asked in French
"Kde je moja mačka?" spýtala sa po francúzsky
it was the first sentence in her French lesson-book
bola to prvá veta v jej učebnici francúzštiny
The Mouse gave a sudden leap out of the water
Myš náhle vyskočila z vody
and the mouse seemed to quiver all over with fright
a zdalo sa, že sa myš celá chvela od strachu
"Oh, I beg your pardon!" cried Alice hastily
"Ach, prepáčte!" zvolala Alica rýchlo
she was afraid that she had hurt the poor animal's feelings
bála sa, že zranila city úbohého zvieraťa
"I quite forgot you didn't like cats"
"Celkom som zabudol, že nemáš rád mačky"

"I don't like cats!" cried the Mouse in a shrill, passionate voice

"Nemám rád mačky!" zvolala Myš prenikavým, vášnivým hlasom

"Would you like cats, if you were me?"

"Chceli by ste mačky, keby ste boli na mojom mieste?"

Alice comforted the mouse in a soothing tone

Alica utešovala myš upokojujúcim tónom

"Well, perhaps I would not like cats if I were you either"

"No, možno by som na tvojom mieste nemal rád mačky"

"please don't be angry about the mention of cats"

"Prosím, nehnevajte sa na zmienku o mačkách"

"And yet I wish I could show you our cat Dinah"

"A predsa by som si priala, aby som ti mohla ukázať našu mačku Dinah"

"if you met her I think you'd take a fancy to cats"

"Keby si ju stretol, myslím, že by si si obľúbil mačky"

"if you could only see her"

"Keby si ju len mohol vidieť"

"She is such a dear, quiet thing"

"Je to taká drahá, tichá vec"

The mouse was shaking all over

Myš sa celá triasla

Alice felt certain the mouse must be really offended

Alica si bola istá, že myš musí byť naozaj urazená

"We won't talk about her any more, if you'd rather not"

"Už o nej nebudeme hovoriť, ak nechcete"

"We, indeed!" cried the Mouse

"My, naozaj!" zvolala Myš

the mouse was trembling down to the end of its tail

Myš sa triasla až do konca chvosta

"As if I would talk on such a subject!"

"Akoby som mal hovoriť o takejto téme!"

"Our family always hated cats"

"Naša rodina vždy nenávidela mačky"

"cats; nasty, low, vulgar things!"

"Mačky; škaredé, nízke, vulgárne veci!"

"Don't let me hear the name again!"
"Nedovoľ mi znova počuť to meno!"
"I won't mention cats again indeed!" said Alice
"Naozaj už nebudem spomínať mačky!" povedala Alica
she was in a great hurry to change the subject
veľmi sa ponáhľala zmeniť tému
"Are you... are you fond of dogs?"
"Si ... máte radi psov?"
"There is such a nice little dog near our house,"
"Neďaleko nášho domu je taký pekný malý psík,"
"I should like to show you the little dog!"
"Rád by som vám ukázal malého psíka!"
"this little dog kills all the rats and...
"Tento malý pes zabije všetky potkany a...
"oh, dear!" cried Alice in a sorrowful tone
"Ach, bože!" zvolala Alica smutným tónom
"I'm afraid I've offended you again!"
"Obávam sa, že som ťa zase urazil!"
the mouse was swimming away from her as fast as it could go
Myš od nej plávala tak rýchlo, ako len mohla
and the mouse made quite a commotion in the pool
a myš urobila v bazéne poriadny rozruch
So she called softly after the mouse
Tak ticho zavolala za myšou
"my dear mouse, please come back!"
"Moja drahá myš, prosím, vráť sa!"
"and we won't talk about cats"
"A nebudeme hovoriť o mačkách"
"and we don't have to talk about dogs either"
"A nemusíme hovoriť ani o psoch"
When the mouse heard this, it turned around
Keď to myš počula, otočila sa
and the little mouse swam slowly back to her
a malá myška pomaly plávala späť k nej
the mouse's face was quite pale
Tvár myši bola celkom bledá

and the mouse spoke, in a low, trembling voice
a myš prehovorila tichým, chvejúcim sa hlasom
"Let us get to the shore"
"Poďme na breh"
"and then I'll tell you my history"
"a potom vám poviem svoju históriu"
"and you'll understand why it is I hate cats and dogs"
"A pochopíte, prečo nenávidím mačky a psy"
It had become high time to go
Bol najvyšší čas ísť
because the pool was getting quite crowded
pretože bazén bol dosť preplnený
other birds and animals had fallen into the pool
Ostatné vtáky a zvieratá spadli do bazéna
there were a Duck and a Dodo
boli tam kačica a blbát
and there was a Lory bird and an Eaglet
a bol tam vták Lory a orlík
and there were several other interesting looking creatures
a bolo tam niekoľko ďalších zaujímavo vyzerajúcich tvorov
Alice led the way out the pool
Alice viedla cestu von z bazéna
and the whole party of animals swam to the shore
a celá skupina zvierat plávala k brehu

They were indeed a funny-looking bunch of animals
Bola to skutočne smiešne vyzerajúca banda zvierat
and they all assembled on the water's bank
a všetci sa zhromaždili na brehu vody
the birds all had bedraggled feathers
všetky vtáky mali ošúchané perie
and the furry animals were soaked through
a chlpaté zvieratá boli premočené
and all were dripping wet, annoyed and uncomfortable
a všetci boli mokrí, otrávení a nepríjemní

there was one question that had to be answered first
Najprv bolo potrebné odpovedať na jednu otázku
what is the best way for everyone to get dry?
Aký je najlepší spôsob, ako sa každý môže vysušiť?
They had a consultation about this matter
Mali konzultáciu o tejto záležitosti
soon they were all on familiar terms
čoskoro boli všetci v známych vzťahoch

it was as if she had known them all her life

bolo to, akoby ich poznala celý život

the mouse seemed to be a person of some authority

Myš sa zdala byť osobou s určitou autoritou

"Sit down, all of you, and listen to me!

"Sadnite si všetci a počúvajte ma!

"I'll soon make you all dry again!"

"Čoskoro vás všetkých opäť vysuším!"

They all sat down at once, in a large ring

Všetci si sadli naraz, do veľkého kruhu

and the little mouse sat in the middle

a myška sedela uprostred

"Ahem!" said the mouse with an important air

"Ehm!" povedala myš s dôležitým výrazom

"Are you all ready?"

"Ste všetci pripravení?"

"This is the driest thing I know"

"Toto je tá najsuchšia vec, akú poznám"

"Silence all around, if you please!"

"Ticho všade naokolo, ak chcete!"

"William the Conqueror was favoured by the pope"

"Viliam Dobyvateľ bol pápežom obľúbený"

"but he was soon submitted to by the English"

"ale čoskoro sa mu Angličania podriadili"

"they wanted leaders of late"

"V poslednej dobe chceli lídrov"

"and they had been accustomed to power and conquest"

"a boli zvyknutí na moc a dobývanie"

"Edwin and Morcar, the Earls of Mercia and Northumbria"

"Edwin a Morcar, grófi z Mercie a Northumbrie"

"Ugh!" said the lori bird, with a shiver

"Fuj!" povedal vták lori a zachvel sa

"and even Stigand, the patriotic archbishop of Canterbury"

"a dokonca aj Stigand, vlastenecký arcibiskup z Canterbury"

"he also found it advisable"

"Tiež to považoval za vhodné"

"What did he find advisable?" said the duck

"Čo považoval za vhodné?" spýtala sa kačica
"He found it advisable" the mouse replied rather crossly
"Považoval to za vhodné," odpovedala myš dosť podráždene
but the duck was not satisfied
ale kačica nebola spokojná
"of course, you know what 'it' means"
"Samozrejme, viete, čo znamená 'to'
"I know what 'it' is when I find a thing," said the duck
"Viem, čo je to, keď niečo nájdem," povedala kačica
"it's generally a frog or a worm"
"Vo všeobecnosti je to žaba alebo červ"
"The question is, what did the archbishop find?"
"Otázkou je, čo arcibiskup našiel?"
The mouse did not notice this question
Myš si túto otázku nevšimla
instead, the mouse hurriedly went on with the speech
namiesto toho myš rýchlo pokračovala v reči
"he found it advisable to go with Edgar Atheling"
"považoval za vhodné ísť s Edgarom Athelingom"
"to meet William and offer him the crown"
"stretnúť sa s Viliamom a ponúknuť mu korunu"
the mouse continued, turning to Alice as it spoke
myš pokračovala a otočila sa k Alici, keď hovorila
"How are you getting on now, my dear?"
"Ako sa ti darí, moja drahá?"
"As wet as ever," said Alice in a melancholy tone
"Mokrá ako vždy," povedala Alica melancholickým tónom
"this story doesn't seem to dry me at all"
"Zdá sa, že tento príbeh ma vôbec nevysušuje"
"In that case," said the dodo solemnly, rising to its feet
"V tom prípade," povedal blbát slávnostne a vstal
"I vote that the meeting be adjourned"
"Hlasujem za prerušenie schôdze"
**"and I propose an immediate adoption of more energetic
remedies"**
"a navrhujem okamžité prijatie energickejších prostriedkov"
"Speak real words!" said the eaglet

"Hovor skutočné slová!" povedal orlík
"I don't know the meaning of half of those long words"
"Nepoznám význam polovice tých dlhých slov"
"and, what's more, I don't believe you know either!"
"A čo viac, neverím, že to viete ani vy!"
"What I was going to say," said the dodo in an offended tone
"Čo som chcel povedať," povedal blbát urazeným tónom
"the best thing to get us dry would be a caucus-race"
"Najlepšia vec, ktorá nás dostane do sucha, by boli preteky v klube"
"What is a caucus-race?" said Alice
"Čo je to volebná rasa?" spýtala sa Alice

"Well," said the dodo, "the best way to explain it is to do it"
"Nuž," povedal dront, "najlepší spôsob, ako to vysvetliť, je urobiť to."
"First the dodo marked out a race-course"
"Najprv dodo vyznačil dostihovú dráhu"
"the track was in a sort of circle"
"Skladba bola v akomsi kruhu"
"and then all the party were placed along the course"

"A potom bola celá skupina umiestnená pozdĺž trati"
There was no "One, two, three and away!"
Nebolo tam žiadne "Raz, dva, traja a preč!"
but they began running when they liked
ale začali utekať, keď sa im zapáčilo
and they also finished when they liked
a tiež skončili, keď sa im zapáčilo
so it was not easy to know when the race was over
Nebolo teda ľahké zistiť, kedy sa preteky skončili
after half an hour or so of running they were all quite dry
asi po pol hodine behu boli všetky celkom suché
the dodo suddenly called out, "The race is over!"
blbát zrazu zavolal: "Preteky sa skončili!"
and they all crowded around the dodo
A všetci sa tlačili okolo dronta
all the animals were panting and puffing
Všetky zvieratá lapali po dychu a fúkali
and they all wanted to know, "But who has won?"
a všetci chceli vedieť: "Ale kto vyhral?"
This question the dodo could not immediately answer
Na túto otázku nedokázal blboun okamžite odpovedať
first he had to do a great deal of thinking
najprv musel veľa premýšľať
after much thinking, the dodo finally spoke
Po dlhom premýšľaní dodo konečne prehovoril
"Everybody has won, and all must have prizes"
"Každý vyhral a všetci musia mať ceny"
"But who is to give the prizes?" asked a chorus of voices
"Ale kto má dať ceny?" spýtal sa zbor hlasov
"Well, she, of course," said the dodo
"No, samozrejme, ona," povedal dront
and the dodo pointed with one finger to Alice
a dodo ukázal jedným prstom na Alice
and the whole party of animals crowded around her
a celá skupina zvierat sa tlačila okolo nej
they called out, in a confused way, "Prizes! Prizes!"
zmätene volali: "Ceny! Ceny!"

Alice had no idea what to do
Alica netušila, čo má robiť
in despair she put her hand into her pocket
V zúfalstve si strčila ruku do vrecka
and she pulled out a box of sweets
a vytiahla škatuľku sladkostí
luckily the salt-water had not got into the box
Našťastie sa slaná voda nedostala do krabice
and she handed the sweets around as prizes
a rozdávala sladkosti ako ceny
There was exactly one piece for everyone
Bol tu presne jeden kus pre každého
The next thing they had to do was to eat the sweets
Ďalšia vec, ktorú museli urobiť, bolo zjesť sladkosti
this caused some noise and confusion
To spôsobilo určitý hluk a zmätok
the large birds complained that they could not taste their sweets
veľké vtáky sa sťažovali, že nemôžu ochutnať svoje sladkosti
the small ones choked and had to be patted on the back
malé sa dusili a museli sa potľapkať po chrbte
However, it was over at last
Konečne však bolo po všetkom
and they sat down again in a ring
a opäť si sadli do kruhu
and they begged the mouse to tell them something more
a prosili myš, aby im povedala ešte niečo
"You promised to tell me your history, you know," said Alice
"Sľúbila si, že mi povieš svoju históriu, vieš," povedala Alica
and she made another little remark about cats in a whisper
a šepkom urobila ďalšiu malú poznámku o mačkách
she didn't want to offend the mouse again
Nechcela myš znova uraziť
the little mouse turned to Alice and sighed
myška sa otočila k Alice a vzdychla si.
"Mine is a long and a sad tale!"
"Môj príbeh je dlhý a smutný!"

"It is a long tail, certainly," said Alice
"Je to určite dlhý chvost," povedala Alica
and she looked down with wonder at the mouse's tail
a s úžasom pozrela na myšin chvost
"but why do you call it a sad tail?"
"Ale prečo to nazývate smutným chvostom?"
And she kept on puzzling about it while the mouse was speaking
A stále si o tom lámala hlavu, zatiaľ čo myš hovorila
so that her idea of the tale was something like this
takže jej predstava o príbehu bola asi taká

```
             "Fury said to
            a mouse, That
             he met in the
               house, 'Let
                 us both go
                  to law: I
                  will prosecute
                  you.——
                  Come, I'll
                  take no denial:
               We must have
             the trial;
           For really
         this morning
     I've
     nothing
     to do.'
         Said the
             mouse to
               the cur,
                 'Such a
                   trial, dear
                     sir, With
                        no jury
                         or judge,
                         would
                         be wasting
                       our
                 breath.'
               'I'll be
             judge,
         I'll be
       jury,'
     said
     cunning
       old
           Fury;
             'I'll
               try
                 the
                   whole
                     cause,
                     and
                     condemn
               you to
           death.'
```

Fury said to a mouse, That he met in the house"
Zúrivosť povedala myši: "Že sa stretol v dome"
Let us both go to law: I will prosecute you
Poďme obaja na súd: Budem vás stíhať

Come, I'll take no denial: We must have the trial
Poďte, nebudem popierať: Musíme mať súd
For really this morning I've nothing to do
Pretože dnes ráno naozaj nemám čo robiť
Said the mouse to the cur;
Povedala myš kliatbe;
Such a trial, dear sir, With no jury or judge, would be wasting our breath
Takýto proces, drahý pane, bez poroty alebo sudcu by nám plytval dychom
"I'll be judge, I'll be jury," said cunning old Fury
"Budem sudcom, budem porotcom," povedal prefíkaný starý Fury
I'll try the whole cause, and condemn you to death
Skúsim celú vec a odsúdim ťa na smrť
the mouse spoke severely to Alice
myš prehovorila prísne k Alice
"You are not paying attention!"
"Nevenuješ pozornosť!"
"What are you thinking of?"
"Na čo myslíš?"
"I beg your pardon," said Alice very humbly
"Prepáčte," povedala Alica veľmi pokorne
"you had got to the fifth bend, I think?"
"Myslím, že ste sa dostali do piatej zákruty?"
"You insult me by talking such nonsense!"
"Urážate ma tým, že hovoríte také nezmysly!"
and the mouse got up and walked away
a myš vstala a odišla
Alice called after the little mouse
Alica zavolala na malú myšku
"Please come back and finish your story!"
"Prosím, vráťte sa a dokončite svoj príbeh!"
And the others all joined in chorus
A všetci ostatní sa pripojili v zbore
"Yes, please do finish your story!"
"Áno, prosím, dokončite svoj príbeh!"

But the mouse only shook its head impatiently
Ale myš len netrpezlivo pokrútila hlavou
and the little mouse walked a little quicker
a myška kráčala o niečo rýchlejšie
"I wish I had Dinah, our cat, here!" said Alice
"Kiež by som tu mala Dinah, našu mačku!" povedala Alica
This caused a remarkable sensation among the party
To vyvolalo v strane pozoruhodnú senzáciu
Some of the birds hurried off at once
Niektoré vtáky sa okamžite ponáhľali preč
and a Canary called out in a trembling voice, to its children;
a kanárik zavolal trasúcim sa hlasom na svoje deti;
"Come away, my dears!"
"Poďte preč, moji drahí!"
"It's high time you were all in bed!"
"Je najvyšší čas, aby ste boli všetci v posteli!"
with various excuses they all went away
s rôznymi výhovorkami všetci odišli
and Alice was soon left alone
a Alica čoskoro zostala sama
"I wish I hadn't mentioned Dinah!"
"Prial by som si, aby som nespomenul Dinah!"
"Nobody seems to like her down here"
"Zdá sa, že ju tu dole nikto nemá rád"
"but I'm sure she's the best cat in the world!"
"Ale som si istý, že je to najlepšia mačka na svete!"
Poor Alice began to cry again
Úbohá Alica začala opäť plakať
because she felt very lonely and low-spirited
pretože sa cítila veľmi osamelá a skľúčená
In a little while, however, she again heard something
O chvíľu však opäť niečo počula
a little pattering of footsteps in the distance
malé dupot krokov v diaľke
and she looked up eagerly
a dychtivo zdvihla zrak

The rabbit sends in little Mr Bill
Králik posiela malého pána Billa

It was the white rabbit,trotting slowly back again
Bol to biely králik, ktorý pomaly klusal späť
he was looking about anxiously as he went
Úzkostlivo sa rozhliadol, keď išiel
he looked as if he had lost something
Vyzeral, akoby niečo stratil
Alice heard him muttering to himself
Alica ho počula mrmlať si pre seba
"The Duchess! The Duchess! Oh, my dear paws!"
"Vojvodkyňa! Vojvodkyňa! Ach, moje drahé labky!"
"Oh, my fur and whiskers!"
"Ach, moja srsť a fúzy!"
"She'll get me executed, I'm sure of that"
"Nechá ma popraviť, tým som si istý"
"just as sure as ferrets are ferrets!"
"Práve tak isté, ako sú fretky fretkami!"
"Where can I have dropped my things, I wonder?"

"Zaujímalo by ma, kde som mohol nechať svoje veci?"
Alice guessed in a moment what he was looking for
Alica v okamihu uhádla, čo hľadá
he was looking for the feather fan
Hľadal vejár z peria
and he was looking for the pair of white gloves
a hľadal pár bielych rukavíc
so she very good-naturedly began looking for the gloves
A tak veľmi dobromyseľne začala hľadať rukavice
and she looked for the feather fan too
a hľadala aj vejár z peria
but the gloves and feather fan were nowhere to be seen
ale rukavice a vejár z peria neboli nikde vidieť
everything seemed to have changed since her swim in the pool
Zdalo sa, že všetko sa zmenilo od jej plávania v bazéne
nothing was the same since she had been in the great hall
Nič nebolo ako predtým, odkedy bola vo Veľkej sieni
and the glass table had vanished
a sklenený stôl zmizol,
and the little door wasn't there either
A malé dvierka tam tiež neboli
Very soon the rabbit noticed Alice
Veľmi skoro si králik všimol Alice
he called to her in an angry tone
Zavolal na ňu nahnevaným tónom
"Mary Ann, what are you doing out here?"
"Mary Ann, čo tu robíš?"
"Run home this moment"
"V tejto chvíli utečte domov"
"and fetch me a pair of gloves and a feather fan!"
"A prines mi rukavice a vejár z peria!"
"and be quick about it!"
"A ponáhľaj sa!"
Alice spoke to herself as she ran off
Alica hovorila sama pre seba, keď utekala
"He must have mistaken me for his housemaid!"

"Musel si ma pomýliť so svojou slúžkou!"
"How surprised he'll be when he finds out who I am!"
"Aký bude prekvapený, keď zistí, kto som!"
As she said this, she came upon a neat little house
Keď to povedala, narazila na úhľadný domček
on the door of the house was a bright brass plate
Na dverách domu bola svetlá mosadzná doska
"W. RABBIT"
"W. KRÁLIK"
She went in without knocking on the door
Vošla dnu bez toho, aby zaklopala na dvere
and she hurried straight upstairs
a ponáhľala sa rovno hore
she worried that she might meet the real Mary Ann
bála sa, že by mohla stretnúť skutočnú Mary Ann
because then she would be turned out of the house
Pretože potom by ju vyhnali z domu
and she wouldn't be able to find the feather fan and gloves
a nebola by schopná nájsť vejár z peria a rukavice
Alice had found her way into a tidy little room
Alica si našla cestu do upratanej malej izby
in the room was a table by the window
V izbe bol stôl pri okne
and on the table was a feather fan
a na stole bol vejár z peria
and there were two or three pairs of tiny white gloves
a boli tam dva alebo tri páry malých bielych rukavíc
she picked up the feather fan and a pair of the gloves
Zdvihla vejár z peria a pár rukavíc
and she was just about to leave the room
a práve sa chystala opustiť miestnosť
but then her eyes fell upon a little bottle
ale potom jej oči padli na malú fľaštičku
She uncorked the bottle and put it to her lips
Odzátkovala fľašu a priložila si ju k perám
"I do hope it'll make me grow large again"
"Dúfam, že ma to opäť prinúti vyrásť"

"I'm tired of being such a tiny little thing!"
"Som unavený z toho, že som taká maličkosť!"
Alice had hardly drunk half the bottle
Alica vypila sotva polovicu fľaše
her head was already pressing against the ceiling
hlava jej sa už tlačila na strop
and she had to stoop down
a musela sa skloniť
to save her neck from being broken
aby si zachránila krk pred zlomením
She hastily put down the bottle
Rýchlo odložila fľašu
"That's quite enough"
"To je celkom dosť"
"I hope I don't grow anymore"
"Dúfam, že už nebudem rásť"
Alas! It was too late to wish that!
Bohužiaľ! Bolo príliš neskoro si to želať!
She went on growing and growing
Rástla a rástla
and very soon she had to kneel down on the floor
a veľmi skoro si musela kľaknúť na zem
and even then she went on growing
a aj vtedy rástla
as a last resource she put one arm out of the window
Ako posledný zdroj vystrčila jednu ruku z okna
and she put one foot up the chimney
a vystrčila jednu nohu do komína
"Now I can do no more, whatever happens"
"Teraz už nemôžem urobiť viac, nech sa stane čokoľvek"
"What will become of me?"
"Čo sa so mnou stane?"

Alice had a spot of luck
Alice mala šťastie
the little magic bottle had had its full effect
Malá kúzelná fľaštička mala svoj plný účinok
and Alice grew no larger than she was
a Alica nerástla, ako bola
After a few minutes she heard a voice outside
Po niekoľkých minútach začula vonku hlas
and she stopped to listen to the voice
a zastavila sa, aby počúvala hlas
"Mary Ann! Mary Ann!" said the voice
"Mary Ann! Mary Ann!" povedal hlas
"Fetch me my gloves this moment!"
"Prines mi teraz moje rukavice!"
Then came a little pattering of feet on the stairs
Potom sa ozvalo malé dupot nôh na schodoch
Alice knew it was the rabbit coming to look for her
Alica vedela, že je to králik, ktorý ju prichádza hľadať
and she trembled till she shook the house

a triasla sa, až otriasla domom
she quite forgot what her proportions were
Celkom zabudla, aké sú jej proporcie
she was a thousand times as large as the rabbit
bola tisíckrát väčšia ako králik
and she had no reason to be afraid of a rabbit
a nemala dôvod báť sa králika
Presently the rabbit came up to the door
O chvíľu králik prišiel k dverám
and the little rabbit tried to open the door
a malý králik sa pokúsil otvoriť dvere
the door started to open inwards
dvere sa začali otvárať dovnútra
but Alice's elbow was pressed hard against the door
ale Alicin lakeť bol silno pritlačený k dverám
that attempt proved a failure
tento pokus sa ukázal ako neúspešný
Alice heard the rabbit speak to himself
Alica počula králika hovoriť sám k sebe
"Then I'll go around and get in through the window"
"Potom pôjdem okolo a dostanem sa dnu cez okno"
"That you won't!" thought Alice
"To nebudete!" pomyslela si Alica
and she waited a little again
a zase chvíľu čakala
soon she heard the rabbit just under the window
čoskoro začula králika tesne pod oknom
she suddenly spread out her hand
Zrazu roztiahla ruku
and she made a snatch in the air
a vytrhla sa do vzduchu
She did not get hold of anything
Nič sa jej nepodarilo
but she heard a little shriek and a fall
ale počula malý výkrik a pád
and she heard a crash of broken glass
a počula buchnutie rozbitého skla

perhaps the rabbit had fallen
Možno zajac spadol
maybe he was in a green-house
možno bol v skleníku
Next came an angry voice; the rabbit's voice
Potom sa ozval nahnevaný hlas; Králiči hlas
"Pat, where are you?"
"Pat, kde si?"
And then came a voice she had never heard before
A potom sa ozval hlas, ktorý nikdy predtým nepočula
"your honour, I'm here!"
"Vaša ctihodnosť, som tu!"
"I'm digging for apples"
"Kopem jablká"
"Here! Come and help me out of this!"
"Tu! Poď a pomôž mi z toho vstať!"
"Now tell me, Pat, what's that in the window?"
"Teraz mi povedz, Pat, čo je to v okne?"
"Sure, your honour, I will tell you"
"Iste, vaša ctihodnosť, poviem vám"
"it's an arm that's in the window!"
"Je to ruka, ktorá je v okne!"
"Well, an arm has no business there"
"No, ruka tam nemá čo robiť"
"go and take the arm away!"
"Choď a vezmi ruku preč!"
There was a long silence after this
Potom nastalo dlhé ticho
and Alice could only hear whispers now and then
a Alica len občas počula šepot
and at last she spread out her hand again
a nakoniec opäť roztiahla ruku
and she made another snatch in the air
a urobila ďalšie trhnutie vo vzduchu
This time there were two little shrieks
Tentoraz sa ozvali dva malé výkriky
and there was more sounds of broken glass

a bolo počuť ďalšie zvuky rozbitého skla
"I wonder what they'll do next!" thought Alice
"Som zvedavá, čo urobia ďalej!" pomyslela si Alica
"I wish they would pull me out the window"
"Prial by som si, aby ma vytiahli z okna"
She waited for some time
Chvíľu čakala
but for a while she didn't hear anything more
ale chvíľu už nič nepočula
At last came a rumbling of little wheels
Konečne sa ozvalo dunenie malých koliesok
and there came the sound of a good many voices
a ozvalo sa veľa hlasov
all the voices were talking together
Všetky hlasy sa rozprávali spolu
She could make out some of the words
Dokázala rozoznať niektoré slová
"Where's the other ladder?"
"Kde je druhý rebrík?"
"Bill's got the other ladder"
"Bill má druhý rebrík"
"Bill, come here!"
"Bill, poď sem!"
"Will the roof bear the load?"
"Unesie strecha bremeno?"
"Who wants to go down the chimney?"
"Kto chce ísť dole komínom?"
"Nay, I shall not! You do it!"
"Nie, nebudem! Urob to!"
"Here, Bill!"
"Tu, Bill!"
"The master says you've got to go down the chimney!"
"Majster hovorí, že musíš ísť komínom!"
Alice drew her foot as far down the chimney as she could
Alica stiahla nohu dolu komínom tak ďaleko, ako len mohla
and then she waited to see what was coming
a potom čakala, čo príde

she heard a little animal scratching and scrambling
Počula malé zviera škriabať sa a šplhať
the little animal must be in the chimney
Malé zviera musí byť v komíne
then she gave one sharp kick
Potom dala jeden ostrý kopanec
and she waited to see what would happen next
a čakala, čo sa bude diať ďalej
she heard a general chorus of voices
Počula všeobecný zbor hlasov
"There goes Bill!" they all said
"Odchádza Bill!" povedali všetci
then she heard the rabbit's voice alone
Potom počula zajradí hlas sám
"You by the hedge, catch him!"
"Ty pri živom plote, chyť ho!"
there was another moment of silence
Nastala ďalšia chvíľa ticha
and then there was another confusion of voices
a potom nastal ďalší zmätok hlasov
"Hold up his head, Brandy"
"Zdvihni mu hlavu, Brandy"
"be careful not to choke him"
"Dávajte si pozor, aby ste ho neudusili"
"What happened to you?"
"Čo sa ti stalo?"
Last came a little feeble, squeaking voice
Posledný sa ozval slabý, vŕzgavý hlas
"Well, I hardly know no more"
"No, už to neviem"
"thank you all, I'm better now"
"Ďakujem vám všetkým, teraz je mi lepšie"
"there is one thing I can remember"
"je jedna vec, ktorú si pamätám"
"something comes at me like a train in a tunnel"
"Niečo na mňa prichádza ako vlak v tuneli"
"and up I fly like a sky-rocket!"

"A ja letím hore ako raketa!"
there was a minute or two of silence
Bola minúta alebo dve ticha
and then they began moving about again
a potom sa začali opäť pohybovať
and Alice heard the Rabbit speak again
a Alica počula Králika opäť hovoriť
"A barrowful will do, to begin with"
"Na začiatok bude stačiť mohyla"
"A barrowful of what?" thought Alice
"Kopec čoho?" pomyslela si Alica
But she was not kept in suspense for long
Ale nebola dlho držaná v napätí
a shower of little pebbles came through the window
Cez okno prišla sprška malých kamienkov
and some of the little pebbles hit her in the face
a niektoré z malých kamienkov ju zasiahli do tváre
Alice was surprised about the little pebbles
Alica bola prekvapená malými kamienkami
all the little pebbles were turning into cakes
všetky malé kamienky sa menili na koláče
and a bright idea came into her head
a v hlave jej prišiel skvelý nápad
"I should eat one of these cakes"
"Mal by som zjesť jeden z týchto koláčov"
"cake is sure to make some change in my size"
"Torta určite zmení moju veľkosť"
So she swallowed one of the cakes
Tak prehltla jeden z koláčov
and she was delighted to find that she began shrinking
a potešilo ju, keď zistila, že sa začala zmenšovať
soon she was small enough to get through the door
čoskoro bola dosť malá na to, aby prešla dverami
she ran out of the house
Vybehla z domu
a crowd of little animals and birds were waiting outside
Vonku čakal dav malých zvierat a vtákov

all the little birds and animals rushed at Alice
všetky malé vtáčiky a zvieratká sa vrhli na Alice
but she ran off as fast as she could
ale utiekla tak rýchlo, ako len mohla
and soon she found herself safe in a thick wood
a čoskoro sa ocitla v bezpečí v hustom lese
Alice wandered about in the woods
Alica sa túlala po lese
and she thought to herself:
a pomyslela si:
"I know what I have to do first"
"Viem, čo musím urobiť ako prvé"
"first I have to grow to my right size again"
"najprv musím opäť narásť do správnej veľkosti"
"and then I have to find my way into that lovely garden"
"a potom si musím nájsť cestu do tej krásnej záhrady"
"I suppose I ought to eat or drink something or other"
"Myslím, že by som mal niečo zjesť alebo vypiť"
"but the question is what should I eat or drink?"
"ale otázka znie, čo mám jesť alebo piť?"
Alice looked all around her at the flowers
Alica sa pozrela všade okolo seba na kvety
and she looked through the blades of grass
a pozrela sa cez steblá trávy
but she could not see anything to eat or drink
ale nevidela nič na jedenie ani pitie
nothing looked like the right thing to eat or drink
nič nevyzeralo ako správna vec na jedenie alebo pitie
There was a large mushroom growing near her
Neďaleko nej rástla veľká huba
the mushroom was about the same height as Alice
huba bola približne rovnako vysoká ako Alice
She stretched herself up on tiptoes
Natiahla sa na špičkách
and she peeped over the edge of the mushroom
a nazrela cez okraj huby
her eyes immediately met the eyes of a large blue caterpillar

jej oči sa okamžite stretli s očami veľkej modrej húsenice
the caterpillar was sitting on the top of the mushroom
Húsenica sedela na vrchole huby
and the caterpillar had crossed all his arms
a húsenica mu prekrížila všetky ruky
and he was quietly smoking a long hookah
a potichu fajčil dlhú vodnú fajku
and he took not the smallest notice of anything
a nič si ani v najmenšom nevšímal
and he certainly didn't pay attention to Alice
a určite nevenoval pozornosť Alice

Advice from a caterpillar
Rada od húsenice
At last the caterpillar took the hookah out of its mouth
Konečne húsenica vytiahla vodnú fajku z úst
and he addressed Alice in a languid, sleepy voice
a oslovil Alicu malátnym, ospalým hlasom
"Who are you?" said the caterpillar
"Kto si?" spýtala sa húsenica

Alice replied, rather shyly, "I hardly know, sir"
Alica odpovedala, dosť hanblivo: "Sotva viem, pane."
"just at the moment it's all a bit..."
"Len v tejto chvíli je to všetko trochu..."
"I know who I was when I got up this morning""
"Viem, kto som bol, keď som dnes ráno vstal."
"but I think I must have changed several times since then"
"ale myslím, že som sa odvtedy musel niekoľkokrát zmeniť"
"What do you mean by that?" said the caterpillar
"Čo tým myslíte?" spýtala sa húsenica
sternly the caterpillar asked her to explain herself

Húsenica ju prísne požiadala, aby sa vysvetlila
"I can't explain myself, I'm afraid, sir," said Alice
"Obávam sa, že sa neviem vysvetliť, pane," povedala Alica
"because I'm not myself"
"pretože nie som sám sebou"
"you see, being so many different sizes in a day is very confusing"
"Vidíte, mať toľko rôznych veľkostí za deň je veľmi mätúce"
She pulled herself up and said very gravely:
Vytiahla sa a povedala veľmi vážne:
"I think you ought to tell me who you are, first"
"Myslím, že by si mi mal najprv povedať, kto si."
"Why?" said the caterpillar
"Prečo?" spýtala sa húsenica
Alice could not think of any good reason
Alica nevedela vymyslieť žiadny dobrý dôvod
and the caterpillar seemed to be in a very unpleasant state of mind
a húsenica sa zdala byť vo veľmi nepríjemnom duševnom stave
so she turned away
a tak sa odvrátila
"Come back!" the caterpillar called after her
"Vráť sa!" zavolala za ňou húsenica
"I've something important to say!"
"Chcem povedať niečo dôležité!"
Alice turned and came back again
Alica sa otočila a vrátila sa
"Keep your temper," said the caterpillar
"Zachuj si nervy," povedala húsenica
"Is that all?" said Alice
"To je všetko?" spýtala sa Alice
and she swallowed her anger as well as she could
a prehltla svoj hnev, ako najlepšie vedela
"No," said the caterpillar
"Nie," povedala húsenica
the caterpillar unfolded its arms

Húsenica rozložila ruky
and he took the hookah out of his mouth again
a znova vytiahol vodnú fajku z úst
and he said, "So you think you're changed, do you?"
a on povedal: "Takže si myslíš, že si sa zmenil, však?"
"I'm afraid, I am changed, sir," said Alice
"Obávam sa, že som sa zmenila, pane," povedala Alica
"I can't remember things as I used to remember them"
"Nepamätám si veci tak, ako som si ich pamätala"
"and I don't stay the same size for more than ten minutes!"
"A ja nezostanem rovnakej veľkosti dlhšie ako desať minút!"
"What size do you want to be?" asked the caterpillar
"Akú veľkosť chceš mať?" spýtala sa húsenica
"Oh, I don't particularly mind what size I am," Alice hastily replied
"Ach, nezáleží mi na tom, akú mám veľkosť," odpovedala Alice rýchlo
"I just don't like changing size so often, you know"
"Vieš, nerád tak často mením veľkosť."
"I would like to be a little larger, sir"
"Chcel by som byť trochu väčší, pane"
"if you wouldn't mind," added Alice
"Ak by vám to nevadilo," dodala Alice
"Ten centimetres is such a wretched height to be"
"Desať centimetrov je taká úbohá výška"
"It is a very good height indeed!" said the caterpillar angrily
"Je to naozaj veľmi dobrá výška!" povedala húsenica nahnevane
and he reared itself upright as he spoke
a on sa vzpriamil, keď hovoril,
he was exactly ten centimetres high
bol vysoký presne desať centimetrov
In a minute or two, the caterpillar got down off the mushroom
O minútu alebo dve húsenica zostúpila z huby
and he crawled away into the grass
a odplazil sa do trávy

as he went away, he made some little remarks
Keď odchádzal, urobil niekoľko malých poznámok
"One side will make you grow taller"
"Jedna strana vás zvýši"
"and the other side will make you grow shorter"
"A druhá strana ťa skráti"
"One side of what?" thought Alice to herself
"Jedna strana čoho?" pomyslela si Alica pre seba
"The other side of what?"
"Druhá strana čoho?"
"the side of the mushroom," said the caterpillar
"Na stranu huby," povedala húsenica
it was as if she had asked her question aloud
bolo to, akoby sa nahlas spýtala
and in another moment, he was out of sight
a o chvíľu zmizol z dohľadu
Alice remained looking thoughtfully at the mushroom
Alica zostala zamyslene hľadiac na hubu
she was trying to make out which were the two sides of the mushroom
snažila sa rozoznať, ktoré sú dve strany huby
At last she stretched her arms around the mushroom
Nakoniec roztiahla ruky okolo huby
and she broke off a bit of the edges
a odlomila kúsok hrán
"And now, which side is which?" she said to herself
"A teraz, ktorá strana je ktorá?" povedala si
and she nibbled a little of the right-hand bit
a trochu si zahryzla do pravej ruky
The next moment she felt a violent blow underneath her chin
V ďalšej chvíli pocítila prudký úder pod bradou
her chin had struck her foot!
brada jej udrela do nohy!
She was a good deal frightened by this very sudden change
Bola veľmi vystrašená touto veľmi náhlou zmenou
she was shrinking very rapidly

veľmi rýchlo sa zmenšovala
so she quickly ate some of the other bit of mushroom
Takže rýchlo zjedla ďalší kúsok huby
Her chin was pressed very closely against her foot
Brada mala veľmi tesne pritlačenú k nohe
there was hardly room to open her mouth
sotva bolo miesto na otvorenie úst
but she did at last manage to open her mouth
ale nakoniec sa jej podarilo otvoriť ústa
and she swallowed a morsel of the left-hand bit
a prehltla kúsok kúska ľavej ruky
"my head's been freed at last!" said Alice
"moja hlava sa konečne uvoľnila!" povedala Alica
she looked down at herself
Pozrela sa na seba
but all she could see was an immense length of neck
ale všetko, čo videla, bol obrovský krk
her neck seemed to rise like a stalk
Zdalo sa, že jej krk sa dvíha ako stopka
and she looked down over a sea of green leaves
a pozrela sa dolu na more zeleného lístia
"Where have my shoulders gotten to?"
"Kam sa dostali moje ramená?"
"And oh, my poor hands, how is it I can't see you?"
"A ach, moje úbohé ruky, ako to, že ťa nevidím?"
but her neck did have one benefit
ale jej krk mal jednu výhodu
she could move her head in any direction
mohla pohnúť hlavou akýmkoľvek smerom
in fact, she was just like a serpent
v skutočnosti bola ako had
she gracefully zigzagged her head down
elegantne kľukatila hlavu dole
and she moved her head through the trees
a pohybovala hlavou medzi stromami
but then she heard a sharp hiss
ale potom začula ostré syčanie

and she quickly pulled her head back
a rýchlo odtiahla hlavu dozadu
a large pigeon had flown into her face
do tváre jej vletel veľký holub
and the pigeon was violently with its wings
a holub prudko zasiahol krídlami

"Serpent!" cried the pigeon
"Had!" zvolal holub
"I'm not a serpent!" said Alice indignantly
"Nie som had!" povedala Alica rozhorčene
"Leave me alone!"
"Nechaj ma na pokoji!"
"I've tried the roots of trees"
"Vyskúšal som korene stromov"

"and I've tried hedges," the pigeon went on
"A skúsil som živé ploty," pokračoval holub
"but those serpents! There's no pleasing them!"
"Ale tie hady! Nedá sa im potešiť!"
Alice was more and more puzzled
Alica bola čoraz viac zmätená
"As if it wasn't trouble enough hatching the eggs," said the pigeon
"Akoby to nebolo dosť ťažkostí s vyliahnutím vajec," povedal holub
"by night and day I must look out for serpents too!"
"Vo dne v noci musím dávať pozor aj na hady!"
"I had just found the highest tree in the forest"
"Práve som našiel najvyšší strom v lese"
"surely I'd be free from serpents here?"
"Určite by som tu bol bez hadov?"
"and out comes a serpent from the sky!"
"A vyjde had z neba!"
"But I'm not a serpent, I tell you!" said Alice
"Ale ja nie som had, hovorím vám!" povedala Alica
"I'm a... I'm a... I'm a little girl," she added rather doubtfully
"Som... Som ... Som malé dievčatko," dodala dosť pochybovačne
she had after all been going through a lot of changes
Koniec koncov, prešla mnohými zmenami
"You're looking for eggs," said the pigeon
"Hľadáš vajcia," povedal holub
"I know that for a fact"
"Viem to s istotou"
"and what does it matter if you're a little girl or a serpent?"
"A čo na tom, či si malé dievčatko alebo had?"
"It matters a good deal to me," said Alice hastily
"Na tom mi veľmi záleží," povedala Alica rýchlo
"but I'm not looking for eggs, as it happens"
"ale nehľadám vajíčka, ako to už býva"
"and I wouldn't want your eggs anyway"
"a aj tak by som nechcel tvoje vajíčka"

"I don't like my eggs raw"
"Nemám rád svoje vajcia surové"
"Well, be off then!" said the pigeon in a sulky tone
"Nuž, odíďte!" povedal holub mrzutým tónom
and the pigeon settled down again into its nest
a holub sa opäť usadil vo svojom hniezde
Alice crouched down among the trees as well as she could
Alice sa krčila medzi stromy, ako najlepšie vedela
her neck kept getting entangled among the branches
jej krk sa stále zamotával medzi konáre
every now and then she had to stop and untwist her neck
každú chvíľu sa musela zastaviť a vykrútiť krk
After awhile she remembered the mushroom
Po chvíli si spomenula na hubu
she still held the pieces of mushroom in her hands
stále držala kúsky húb v rukách
and she set to work very carefully
a pustila sa do práce veľmi opatrne
first she nibbled at one piece
Najprv zahryzla do jedného kusu
and then she nibbled at the other piece
a potom zahryzla do druhého kúska
sometimes she grew taller
niekedy vyrástla
and sometimes she grew shorter
a niekedy bola kratšia
but finally she achieved her usual height
ale nakoniec dosiahla svoju obvyklú výšku
she hadn't been her own height for some time
už nejaký čas nebola svojou vlastnou výškou
so everything felt strange for a while
Takže všetko sa chvíľu zdalo zvláštne
"The next thing to do is to get into that beautiful garden"
"Ďalšia vec, ktorú musíte urobiť, je dostať sa do tej krásnej záhrady"
"how is that to be done, I wonder?"
"Ako sa to má urobiť, zaujímalo by ma?"

As she said this, she came upon an open place
Keď to povedala, narazila na otvorené miesto
there was a little house, a bit higher than a metre
Bol tam malý domček, o niečo vyšší ako meter
"I wonder who lives in this little house"
"Zaujímalo by ma, kto býva v tomto malom domčeku"
"I certainly can't go in as big as I am"
"Určite nemôžem ísť taký veľký, ako som"
"I would frighten them terribly!"
"Strašne by som ich vystrašila!"
so she nibbled at the little mushroom again
a tak znova zahŕňala malú hubu
and soon she brought herself down thirty centimetres
a čoskoro sa znížila o tridsať centimetrov

A pig and some pepper

Prasa a trochu korenia

For a minute or two she stood looking at the house

Minútu alebo dve stála a pozerala sa na dom

suddenly a footman came running out of the woods

Zrazu z lesa vybehol lokaj

he was wearing a special livery uniform

mal na sebe špeciálnu uniformu

judging by his face only, she would have called him a fish

súdiac len podľa jeho tváre, nazvala by ho rybou

and he rapped loudly at the door with his knuckles

a hlasno zaklopal na dvere kĺbmi

the door was opened by another footman

dvere otvoril ďalší lokaj

this footman too was wearing a special livery

Aj tento lokaj mal na sebe špeciálnu livreju

this footman had a round face and large eyes like a frog

Tento lokaj mal okrúhlu tvár a veľké oči ako žaba

The footman that looked like a fish initiated the ceremony
Obrad inicioval lokaj, ktorý vyzeral ako ryba
he pulled out something from under his arm
Vytiahol niečo spod pazuchy
and he pulled out from under his arm an envelope
a vytiahol spod pazuchy obálku
and this envelope he handed over to the other footman
a túto obálku odovzdal druhému lokaji
in a ceremonious tone he told him the orders
slávnostným tónom mu povedal rozkazy
"This message is for the Duchess"
"Toto posolstvo je pre vojvodkyňu"
"An invitation from the queen to play croquet"
"Pozvanie od kráľovnej na hranie kroketu"
The footman that looked like a frog repeated the order
Lokaj, ktorý vyzeral ako žaba, zopakoval rozkaz
"from the queen"
"Od kráľovnej"
"an invitation"
"pozvánka"
"for the Duchess"
"pre vojvodkyňu"
"playing croquet"
"Hranie kroketu"
Then they both bowed low
Potom sa obaja hlboko uklonili
and the curls in their wigs got entangled together
a kučery v ich parochniach sa zamotali dohromady
soon the footman that looked like a fish was gone
čoskoro bol lokaj, ktorý vyzeral ako ryba, preč
but the footman that looked like a frog was still there
ale lokaj, ktorý vyzeral ako žaba, tam stále bol
he was sitting on the ground near the door
sedel na zemi pri dverách
he was staring stupidly up into the sky
hlúpo hľadel do neba
Alice went timidly up to the door and knocked

Alica nesmelo prišla k dverám a zaklopala
"There's no use in knocking," said the footman
"Nemá zmysel klopať," povedal lokaj
"and that is for two reasons"
"A to z dvoch dôvodov"
"First, because I'm on the same side of the door as you are"
"Po prvé, pretože som na rovnakej strane dverí ako ty"
"secondly, because they're making so much noise inside"
"Po druhé, pretože vo vnútri robia toľko hluku"
"no one could possibly hear you"
"Nikto ťa nemohol počuť"
And there certainly was a most extraordinary noise going on within
A vo vnútri sa určite odohrával najneobyčajnejší hluk
a constant howling and sneezing
neustále zavýjanie a kýchanie
and every now and then a sound of great crashing
a každú chvíľu zvuk veľkého rachotu
as if a dish or kettle had been broken to pieces
akoby bol rozbitý riad alebo kanvica
"How am I to get in?" asked Alice
"Ako sa mám dostať dnu?" spýtala sa Alica
"Should you get in at all?" said the footman
"Mali by ste vôbec vstúpiť?" spýtal sa lokaj
"That's the first question, you know"
"To je prvá otázka, vieš"
Alice opened the door and went in
Alice otvorila dvere a vošla dnu
The door led right into a large kitchen
Dvere viedli priamo do veľkej kuchyne
the kitchen was full of smoke from one end to the other
kuchyňa bola plná dymu z jedného konca na druhý
in the middle of the kitchen was the Duchess
uprostred kuchyne bola vojvodkyňa
she was sitting on a three-legged stool
Sedela na trojnohej stoličke
and she was nursing a baby

a dojčila dieťa
the cook was leaning over the fire
Kuchár sa nakláňal nad ohňom
he was stirring a large caldron
Miešal veľký kotol
and the caldron seemed to be full of soup
a zdalo sa, že kotol je plný polievky
"There's certainly too much pepper in that soup!" Alice said to herself
"V tej polievke je určite príliš veľa korenia!" Alica si povedala:
she said it as best she could without sneezing
Povedala to najlepšie, ako vedela, bez kýchnutia
Even the Duchess sneezed occasionally
Dokonca aj vojvodkyňa občas kýchla
but the baby's actions were the most noteworthy
Ale činy dieťaťa boli najpozoruhodnejšie
the baby was sneezing and howling alternately
dieťa striedavo kýchalo a zavýjalo
there was not a moment's pause between howling and sneezing
Medzi zavýjaním a kýchaním nebola ani chvíľka pauzy
There were two creatures in the kitchen that did not sneeze
V kuchyni boli dve stvorenia, ktoré nekýchali
the cook was too busy to sneeze
Kuchárka bola príliš zaneprázdnená na to, aby kýchla
and the large cat did not seem to mind the pepper
a zdalo sa, že veľkej mačke korenie nevadí
instead, the large cat was grinning from ear to ear
namiesto toho sa veľká mačka usmievala od ucha k uchu
"Please would you tell me," said Alice, a little timidly
"Povedzte mi, prosím," povedala Alice trochu nesmelo
"why is your cat grinning like that?"
"Prečo sa tvoja mačka takto usmieva?"
"It's a Cheshire-Cat," said the Duchess
"Je to Cheshire-Cat," povedala vojvodkyňa
"and that's why he's grinning from ear to ear"
"A preto sa usmieva od ucha k uchu"

"I didn't know that a Cheshire-Cat always grinned"
"Nevedel som, že Cheshire-Cat sa vždy usmieva."
"in fact, I didn't know that cats could grin," said Alice
"V skutočnosti som nevedela, že sa mačky môžu usmievať,"
povedala Alice
"there is much you don't know," said the Duchess
"Je toho veľa, čo nevieš," povedala vojvodkyňa
"there is much you don't know and that's a fact"
"Je toho veľa, čo neviete, a to je fakt"
Just then the cook took the caldron of soup off the fire
Práve vtedy kuchár stiahol kotol polievky z ohňa
and at once she started throwing everything within her reach
a okamžite začala hádzať všetko, čo mala na dosah
she threw everything she could at the Duchess and the babe
hodila všetko, čo mohla, na vojvodkyňu a dieťa
first she threw the fire-irons
Najprv hodila ohnivé železa
then she threw a handful of saucepans
Potom hodila hrsť hrncov
and finally she threw the plates and dishes
a nakoniec hodila taniere a riad
The Duchess took no notice of her
Vojvodkyňa si ju nevšimla
even when she was hit by a plate she did not worry
Aj keď ju zasiahol tanier, nebála sa
the baby was already howling so much
dieťa už toľko zavýjalo
so it was impossible to say whether the blows hurt the baby
or not
Nebolo teda možné povedať, či údery dieťaťu ublížili alebo nie
"Oh, please mind what you're doing!" cried Alice
"Ach, prosím, dávajte si pozor, čo robíte!" zvolala Alica
and she jumped up and down in an agony of terror
a skákala hore-dole v agónii hrôzy
the Duchess offered Alice the baby
vojvodkyňa ponúkla Alici dieťa
"Here! You may nurse the baby a bit, if you like!"

"Tu! Ak chcete, môžete dieťa trochu dojčiť!"
and she flung the baby at her as she spoke
a hodila po nej dieťa, keď hovorila
"I must go and get ready to play croquet with the queen"
"Musím ísť a pripraviť sa na hranie kroketu s kráľovnou"
and she hurried out of the room
a ponáhľala sa von z izby
Alice caught the baby with some difficulty
Alica chytila dieťa s určitými ťažkosťami
because it was a very odd-shaped little creature
pretože to bolo malé stvorenie veľmi zvláštneho tvaru
and the baby held out its arms and legs in all directions
a dieťa vystrelo ruky a nohy na všetky strany
"I better take this child away with me," thought Alice
"Radšej vezmem toto dieťa so sebou," pomyslela si Alica
"they're sure to kill this baby in a day or two"
"Určite zabijú toto dieťa za deň alebo dva"
"Wouldn't it be murder to leave this baby behind?"
"Nebola by to vražda nechať toto dieťa doma?"
She said the last words out loud
Posledné slová povedala nahlas
and the little thing grunted in reply
a tá maličkosť zavrčala v odpovedi
"you best not turn into a pig, my dear," said Alice
"Radšej sa nezmeníš na prasa, moja drahá," povedala Alica
"or else I'll have nothing more to do with you"
"inak s tebou už nebudem mať nič spoločné"
Alice was just beginning to think to herself:
Alica si práve začínala myslieť:
"Now, what am I to do with this creature, when I get it home?"
"Čo mám robiť s týmto tvorom, keď ho dostanem domov?"
but then the little creature grunted a little violently
ale potom malé stvorenie trochu prudko zavrčalo
and Alice looked down into its face in some alarm
a Alica sa jej pozrela do tváre s akýmsi strachom
This time there could be no mistake about it

Tentoraz v tom nemohlo dôjsť k omylu
it was neither more nor less than a pig
nebolo to ani viac, ani menej ako prasa
so she set the little creature down
A tak položila to malé stvorenie
and the little creature trot away quietly into the wood
a malé stvorenie potichu odklusalo do lesa
Alice felt quite relieved to see the creature go
Alice pocítila úľavu, keď videla, ako stvorenie odchádza
Alice was a little startled by seeing the Cheshire-Cat
Alice bola trochu prekvapená, keď uvidela Cheshire-Cat
it was sitting on a bough of a tree a few yards off
Sedel na konári stromu niekoľko metrov odtiaľto
The cat only grinned when it saw her
Mačka sa len uškrnula, keď ju uvidela
"Cheshire-cat," began Alice, rather timidly
"Cheshire-cat," začala Alice dosť nesmelo
"would you please tell me which way I ought to go from here?"
"Mohli by ste mi, prosím, povedať, ktorou cestou sa mám odtiaľto vydať?"
"In that direction," the cat said
"Tým smerom," povedala mačka
and it waved the right paw around
a mával pravou labkou dookola
"In that direction lives a maker of hats"
"V tom smere žije výrobca klobúkov"
and then the cat waved its other paw
a potom mačka mávla druhou labkou
"and in that direction lives a march hare"
"a v tom smere žije pochodový zajac"
"Visit either you like; they're both mad"
"Navštívte ktorékoľvek chcete; obaja sú šialení"
"But I don't want to go among mad people," Alice remarked
"Ale ja nechcem chodiť medzi šialených ľudí," poznamenala Alica
"Oh, you can't help that," said the Cat

"Ach, nemôžete si pomôcť," povedala Mačka
"we're all mad here"
"Všetci sme tu šialení"
"are you playing croquet with the queen today?"
"Hráš dnes kroket s kráľovnou?"
"I would like to very much," said Alice
"Veľmi by som chcela," povedala Alica
"but I haven't been invited yet"
"ale ešte som nebol pozvaný"
"You'll see me there," said the Cat
"Uvidíte ma tam," povedala Mačka
and from one moment to the next the cat vanished
a z jednej chvíle na druhú mačka zmizla
soon Alice got in sight of the house of the march hare
čoskoro sa Alica dostala na dohľad k domu zajačieho zajaca
this was a very large house
Bol to veľmi veľký dom
so Alice did not want to go near the house
Alica sa teda nechcela priblížiť k domu
first she had to nibble some more of the left side bit of mushroom
Najprv musela zahŕňať ešte kúsok huby na ľavej strane

a mad tea-party
šialený čajový večierok

In front of the house there was a tree
Pred domom bol strom
and under the tree there was a table
a pod stromom bol stôl
and the table was set with all sorts of cutlery
a stôl bol prestretý všetkými druhmi príborov
the march hare and the hat maker were at the table
Pochodový zajac a klobúčnik sedeli pri stole
and together they were having tea
a spolu pili čaj
a dormouse was sitting between them
Medzi nimi sedel plch
and the dormouse was fast asleep
a plch tvrdo spal
The table was of extraordinary size
Stôl mal mimoriadnu veľkosť
but most of the table was unoccupied
ale väčšina stola bola neobsadená
they sat crowded together at one corner of the table
sedeli natlačení v jednom rohu stola
and yet they made excuses when they saw Alice
a predsa sa ospravedlňovali, keď videli Alenku
"No room! No room!" they cried out
"Žiadna miestnosť! Niet miesta!" kričali
"There's plenty of room!" said Alice indignantly
"Je tu dosť miesta!" riekla Alica rozhorčene
at one end of the table there was a large arm-chair
na jednom konci stola bolo veľké kreslo
and Alice sat herself in the armchair
a Alica si sadla do kresla
the hat maker opened his eyes very wide
Výrobca klobúkov otvoril oči doširoka
he couldn't believe what he was seeing
Nemohol uveriť tomu, čo vidí
but his mind was curious about other things

ale jeho myseľ bola zvedavá na iné veci
"Why is a raven like a writing-desk?"
"Prečo je havran ako písací stôl?"
Alice was open to the challenge
Alice bola otvorená výzve
"I'm glad they've begun asking riddles"
"Som rád, že sa začali pýtať hádanky"
"I believe I can guess that," she added aloud
"Verím, že to dokážem uhádnuť," dodala nahlas
The march hare grew curious about Alice
Pochodový zajac začal byť zvedavý na Alicu
"Do you really think you can find the answer?"
"Naozaj si myslíš, že dokážeš nájsť odpoveď?"
"I think I can find the answer indeed," said Alice
"Myslím, že naozaj nájdem odpoveď," povedala Alica
"Then you should say what you mean," the march hare went on
"Potom by si mal povedať, čo myslíš," pokračoval pochodový zajac
"I do say what I mean," Alice hastily replied
"Hovorím, čo mám na mysli," odpovedala Alice rýchlo
"at the very least I mean what I say"
"prinajmenšom myslím vážne, čo hovorím"
"that's the same thing, you know"
"To je to isté, vieš"
the dormouse also contributed to the conversation
Do rozhovoru prispel aj plch
but the dormouse seemed to be talking in its sleep
ale zdalo sa, že plch hovorí v spánku
"I breathe when I sleep"
"Dýcham, keď spím"
"I sleep when I breathe!"
"Spím, keď dýcham!"
"you might as well say they are the same too"
"Mohli by ste tiež povedať, že sú rovnaké"
"It is the same thing with you," said the hat maker
"To isté je s tebou," povedal klobúkár

and he poured a little tea on the dormouse's nose
a nalial trochu čaju na nos pucha
The Dormouse shook its head impatiently
Plch netrpezlivo pokrútil hlavou
and again the dormouse spoke, without opening its eyes
A plch opäť prehovoril, neotvoriac oči
"Of course, of course it is the same"
"Samozrejme, samozrejme, že je to rovnaké"
"that's just what I was going to say myself"
"To je presne to, čo som chcel povedať sám"

The hat maker turned to Alice and asked another question
Výrobca klobúkov sa otočil k Alice a položil ďalšiu otázku
"Have you guessed the riddle yet?"
"Už si uhádol hádanku?"
"No, I give up," Alice conceded
"Nie, vzdávam sa," pripustila Alice
"What's the answer?" she wanted to know
"Aká je odpoveď?" chcela vedieť
"I haven't the slightest idea," said the hat maker
"Nemám najmenšiu predstavu," povedal klobúčnik

"Nor do I know," said the march hare
"Ani ja neviem," povedal pochodový zajac
Alice gave a weary sigh
Alica si unavene povzdychla
"there are better uses of time than riddles without answers"
"Existujú lepšie využitia času ako hádanky bez odpovedí"
"have some more tea," the march hare said to Alice, very earnestly
"Dajte si ešte trochu čaju," povedal pochodový zajac Alici veľmi vážne
Alice was quite offended by the offer
Alice bola ponukou dosť urazená
"I've had not had tea yet," Alice replied
"Ešte som nepila čaj," odpovedala Alice
"therefore I can't have any more tea"
"preto už nemôžem mať žiadny čaj"
"You mean you can't have less tea," said the hat maker
"Chceš povedať, že nemôžete mať menej čaju," povedal výrobca klobúkov
"it's very easy to take more than nothing"
"Je veľmi ľahké vziať si viac ako nič"
At this, Alice got up and walked off
Na to Alica vstala a odišla
The dormouse fell asleep instantly
Plch okamžite zaspal
and neither of the others took the least notice of her going
a ani jeden z ostatných si ani v najmenšom nevšimol, že odchádza
though she looked back once or twice
hoci sa raz alebo dvakrát pozrela späť
they were trying to put the dormouse into the tea-pot
snažili sa dať plcha do kanvice
"At any rate, I'll never go there again!" said Alice
"V každom prípade tam už nikdy nepôjdem!" povedala Alica
and she walked her way through the woods
a kráčala lesom
"that was the stupidest tea-party I've ever been to"

"To bol najhlúpejší čajový večierok, na akom som kedy bol"
Just as she said this, she noticed something
Práve keď to povedala, niečo si všimla
one of the trees had a door leading right into it
Jeden zo stromov mal dvere vedúce priamo do neho
"That's very interesting!" she thought
"To je veľmi zaujímavé!" pomyslela si
"I think I may as well go through the door"
"Myslím, že by som mohol prejsť dverami"
And through the door she went
A cez dvere vošla
Once more she found herself in the long hall
Opäť sa ocitla v dlhej sále
again she was close to the little glass table
opäť bola blízko malého skleneného stolíka
she took the little golden key
Vzala malý zlatý kľúč
and she unlocked the door that led into the garden
a odomkla dvere, ktoré viedli do záhrady
Then she set to work nibbling at the mushroom
Potom sa pustila do hryzenia huby
she had kept a piece of the mushroom in her pocket
Kúsok huby mala vo vrecku
and finally she was about a metre tall
a nakoniec bola asi meter vysoká
then she walked down the little corridor
Potom kráčala malou chodbou
and then she finally found herself in the beautiful garden
a potom sa konečne ocitla v krásnej záhrade
and she was among the bright flower and the cool fountains
a bola medzi jasnými kvetmi a chladnými fontánami

The queen's croquet ground

Kráľovnino kroketové ihrisko

A large rose-tree stood near the entrance of the garden

Pri vchode do záhrady stál veľký ružový strom

the roses growing on the tree were white

ruže rastúce na strome boli biele

but there were three gardeners painting the rose

ale boli tam traja záhradníci, ktorí maľovali ružu

they were busily painting the roses red

Usilovne maľovali ruže na červeno

and Alice was watching them paint the roses red

a Alica sa pozerala, ako maľujú ruže na červeno

and suddenly their eyes chanced to fall upon Alice

a zrazu ich oči padli na Alice

Alice spoke a little timidly

Alica hovorila trochu nesmelo

"Would you tell me, please;"

"Mohli by ste mi to povedať, prosím?"

"why are you all painting those roses?"

"Prečo všetci maľujete tie ruže?"

five and seven said nothing, but looked at two

päť a sedem nič nepovedali, ale pozreli sa na dvoch

two spoke, in a low voice

dvaja prehovorili tichým hlasom

"Why, the fact is, you see, madam"

"Veď vidíte, madam"

"this here ought to have been a red rose-tree"

"toto tu mal byť červený ružový strom"

"and we put a white rose-tree in by mistake"

"a omylom sme tam vložili biely ružový strom"

"as you would agree, the queen must not find out"

"Ako by ste súhlasili, kráľovná to nesmie zistiť"

"else we would all have our heads cut off"

"inak by sme si všetci odrezali hlavy"

"So you see, madam, we're doing our best"

"Takže vidíte, pani, robíme, čo je v našich silách."

card five had been anxiously looking across the garden

Karta päť sa úzkostlivo pozerala cez záhradu
At this moment card five called out, "The queen! The queen!"
V tej chvíli karta päť zavolala: "Kráľovná! Kráľovná!"
and the three gardeners instantly scurried away
a traja záhradníci okamžite utekali preč
and they threw themselves flat upon their faces
a vrhli sa na tvár
There was a sound of many footsteps
Ozvalo sa veľa krokov
Alice looked around, eager to see the queen
Alica sa rozhliadla okolo seba, dychtivá vidieť kráľovnú
At the start of the procession were ten soldiers
Na začiatku sprievodu bolo desať vojakov
their hands and feet were in the corners
ich ruky a nohy boli v rohoch
and in their hands and feet were clubs
a v rukách a nohách mali palice
next came the ten courtiers
Nasledovalo desať dvoranov
the courtiers were ornamented all over with diamonds
dvorania boli všade zdobení diamantmi
After the courtiers came the royal children
Po dvoranoch prišli kráľovské deti
there were ten of the royal children
Kráľovských detí bolo desať
and all the royal children were ornamented with hearts
a všetky kráľovské deti boli ozdobené srdiečkami
Next came the guests; mostly kings and queens
Potom prišli hostia; Väčšinou králi a kráľovné
and among the kings and queen Alice saw someone
a medzi kráľmi a kráľovnou Alica videla niekoho
she saw again the white rabbit she had chased
znova uvidela bieleho králika, ktorého prenasledovala
The procession was followed the knave of hearts
Sprievod nasledoval srdcový kluk
he was carrying the king's crown

niesol kráľovskú korunu
and the king's crown was on a crimson velvet cushion
a kráľova koruna bola na karmínovom zamatovom vankúši
and then came the end of this grand procession
a potom prišiel koniec tohto veľkého sprievodu
and there at the end were the king and queen of hearts
A na konci bol kráľ a srdcová kráľovná
the procession came opposite to Alice
sprievod prišiel oproti Alice
and they all stopped and looked at her
a všetci sa zastavili a pozreli na ňu
and the queen said severely, "Who is this?"
a kráľovná sa prísne spýtala: "Kto je to?"
She said it to the Knave of Hearts
Povedala to srdcovému Knave of Hearts
but he just bowed and smiled in reply
ale on sa len uklonil a usmial sa v odpovedi
Alice spoke very politely
Alica hovorila veľmi zdvorilo
"My name is Alice, so please your majesty"
"Volám sa Alice, tak prosím Vaše Veličenstvo"
but she had other thoughts to herself
ale mala pre seba iné myšlienky
"they're only a pack of cards, after all!"
"Koniec koncov, je to len balíček kariet!"
"Can you play croquet?" shouted the queen
"Vieš hrať kroket?" zakričala kráľovná
The question was evidently meant for Alice
Otázka bola očividne určená pre Alice
"Yes!" said Alice loudly
"Áno!" povedala Alica nahlas
"Come play then!" roared the queen
"Poď sa teda hrať!" zarevala kráľovná
a timid voice spoke to Alice
nesmelý hlas prehovoril k Alice
"it's a very fine day!"
"Je veľmi pekný deň!"

She was walking by the white rabbit
Kráčala okolo bieleho králika
and the White Rabbit was peeping anxiously into her face
a Biely králik jej úzkostlivo pozeral do tváre
"a very fine day indeed," confirmed Alice
"Naozaj veľmi pekný deň," potvrdila Alica
"Where's the duchess?"
"Kde je vojvodkyňa?"
"Hush! Hush!" said the Rabbit
"Ticho! Ticho!" povedal Králik
"She's under sentence of execution"
"Je odsúdená na popravu"
"What is she being executed for?" asked Alice
"Za čo ju popravujú?" spýtala sa Alice
"She scuffed the queen's ears," the rabbit began
"Odškriabala kráľovnine uši," začal králik
the queen shouted in a voice of thunder
Kráľovná zakričala hromovým hlasom
"Get to your places!"
"Choď na svoje miesta!"
and people began running about in all directions
a ľudia začali pobehovať na všetky strany
and they all tumbled up against each other
A všetci sa zrútili proti sebe
However, they got settled down in a minute or two
Za minútu alebo dve sa však usadili
and then the game began
A potom sa hra začala
Alice had never seen such a curious croquet ground
Alica nikdy nevidela také zvláštne kroketové ihrisko
the grass was all ridges and furrows
tráva bola samé hrebene a brázdy
The croquet balls were real hedgehogs
Kroketové lopty boli skutoční ježkovia
and the mallets were real flamingos
A paličky boli skutočné plameniaky
and the soldiers stood on their hands and feet

a vojaci stáli na rukách a nohách
because the arches was made from their bodies
pretože oblúky boli vyrobené z ich tiel
The players all played at once
Všetci hráči hrali naraz
nobody waited for their turns
nikto nečakal, kým na nich príde rad
and everyone quarrelled with everyone
a všetci sa s každým hádali
and all were fighting for the hedgehogs
a všetci bojovali za ježkov
soon the queen was in a furious passion
čoskoro bola kráľovná v zúrivej vášni
and she started stamping about and shouting
a začala dupať a kričať
"Chop off his head!"
"Odseknite mu hlavu!"
"Chop off her head!"
"Odsekni jej hlavu!"
"Chop all their heads off!"
"Odseknite im všetky hlavy!"
Again Alice thought to herself
Alica si opäť pomyslela
"They're dreadfully fond of beheading people here"
"Strašne radi tu stínajú hlavy ľuďom"
"the great wonder is that there's anyone left alive!"
"Veľký zázrak je, že tu zostal niekto nažive!"
She was looking about for some way of escape
Hľadala nejaký spôsob úniku
she noticed a curious appearance in the air
Všimla si zvláštny vzhľad vo vzduchu
"It's the Cheshire-cat," she said to herself
"To je Cheshire-mačka," povedala si
"now I shall have somebody to talk to"
"Teraz budem mať s kým hovoriť"
"How are you getting on?" said the cat
"Ako sa ti darí?" spýtala sa mačka

"I don't think they play at all fairly," Alice said
"Nemyslím si, že hrajú vôbec férovo," povedala Alice
and she had a rather complaining tone
a mala dosť sťažujúci sa tón
"they all quarrel so dreadfully"
"Všetci sa tak strašne hádajú"
"one can't hear oneself speak"
"Človek nepočuje hovoriť"
"and they don't seem to play by any rules"
"A zdá sa, že nehrajú podľa žiadnych pravidiel"
the cat asked Alice a question in a low voice
mačka položila Alici otázku tichým hlasom
"How do you like the queen?"
"Ako sa ti páči kráľovná?"
"I don't like her at all," said Alice
"Vôbec ju nemám rada," povedala Alice

Alice thought she might as well go back
Alice si pomyslela, že by sa mohla vrátiť
she wanted to see how the game was going
chcela vidieť, ako sa hra vyvíja
she went off in search of her hedgehog
Odišla hľadať svojho ježka
The hedgehog was busy fighting another hedgehog
Ježko bol zaneprázdnený bojom s iným ježkom
this was an excellent opportunity
Bola to vynikajúca príležitosť
she could croquet one hedgehog with the other
vedela kroketovať jedného ježka s druhým
but her flamingo was on the other side of the garden
ale jej plameniak bol na druhej strane záhrady
the flamingo was rather clumsy
plameniak bol dosť nemotorný
her flamingo was trying to fly up into a tree
Jej plameniak sa pokúšal vyletieť do stromu
She caught the flamingo by the leg
Chytila plamenáka za nohu
and she tucked the flamingo away under her arm
a zastrčila si plamenáka pod pazuchu
that way the flamingo couldn't escape again
Takto plameniak nemohol znova utiecť
Just then Alice happened to meet the duchess
Práve vtedy sa Alice náhodou stretla s vojvodkyňou
The duchess was now out of prison
Vojvodkyňa bola teraz vonku z väzenia
She tucked her arm affectionately under Alice's arm
Láskyplne zastrčila ruku pod Alicinu pazuchu
and then they walked off together
a potom spolu odišli
Alice was very glad to find her in such a pleasant temper
Alica bola veľmi rada, že ju našla v takej príjemnej povahe
She was a little startled, however
Bola však trochu prekvapená
she heard the voice of the duchess close to her ear

Počula hlas vojvodkyne blízko ucha
"You're thinking about something, my dear"
"Na niečo myslíš, moja drahá"
"and that makes you forget to talk"
"A to spôsobuje, že zabúdate hovoriť"
"The game's going on rather better now," Alice said
"Hra teraz prebieha o niečo lepšie," povedala Alice
it was one way of keeping the conversation going
bol to jeden zo spôsobov, ako pokračovať v konverzácii
"it is so indeed," said the duchess
"Je to naozaj tak," povedala vojvodkyňa
"and the moral of that is this:"
"A ponaučenie z toho je toto:"
"It is love that does it all!"
"Je to láska, ktorá robí všetko!"
"Love is what makes the world go around"
"Láska je to, čo hýbe svetom"
Alice had another explanation
Alice mala iné vysvetlenie
"it's done by everybody minding his own business!"
"Robí to tak, že sa každý stará o svoje veci!"
"Ah, well! You could be right"
"Ach, dobre! Mohol by si mať pravdu"
"It all means much the same thing," said the Duchess
"To všetko znamená takmer to isté," povedala vojvodkyňa
and she dug her sharp little chin into Alice's shoulder
a zaborila svoju ostrú bradu do Aliciného ramena
"and the moral of that is this"
"a ponaučenie z toho je toto"
"Take care of the sense"
"Postaraj sa o zmysel"
"and then the sounds will take care of themselves"
"A potom sa zvuky postarajú samy o seba"
but then the duchess's arm began to tremble
Ale potom sa vojvodkynina ruka začala triasť
Alice looked up and there stood the queen
Alica zdvihla zrak a tam stála kráľovná

the queen had her arms folded
kráľovná mala zložené ruky
and she was frowning like a thunderstorm!
a mračila sa ako búrka!
"I give you fair warning," shouted the queen
"Varujem ťa," kričala kráľovná
and she stomped on the ground as she spoke
a pri tom dupala po zemi
"either your head or her head must be off"
"buď tvoja hlava, alebo jej hlava musí byť odstránená"
"Take your choice!"
"Vyber si!"
"and be quick about it"
"a buďte v tom rýchli"
The duchess made her choice
Vojvodkyňa sa rozhodla
and within a moment the duchess was gone
a o chvíľu bola vojvodkyňa preč
Then the queen spoke to Alice
Potom kráľovná prehovorila k Alice
"Let's go on with the game"
"Poďme pokračovať v hre"
Alice was too frightened to say a word
Alica bola príliš vystrašená na to, aby povedala čo i len slovo
and she slowly followed her back to the croquet-ground
a pomaly ju nasledovala späť na kroketové ihrisko
the whole time the queen quarrelled with the other players
Kráľovná sa celý čas hádala s ostatnými hráčmi
"Chop off his head!"
"Odseknite mu hlavu!"
"Chop off her head!"
"Odsekni jej hlavu!"
"Chop all their heads off!"
"Odseknite im všetky hlavy!"
soon all the players were in custody
čoskoro boli všetci hráči vo väzbe
only the king, the queen, and Alice remained

zostali len kráľ, kráľovná a Alica
Then the queen left, quite out of breath
Potom kráľovná odišla, celkom zadýchaná
and she walked away with Alice
a odišla s Alicou
Alice heard the king quietly say something
Alica počula kráľa potichu niečo povedať
"You are all pardoned"
"Všetci ste omilostení"
but suddenly there was another cry heard
ale zrazu bolo počuť ďalší výkrik
"The trial is beginning!"
"Proces sa začína!"
and Alice ran along with the others
a Alica bežala spolu s ostatnými

who stole the tarts?

Kto ukradol koláče?

The king and queen of hearts were seated

Kráľ a srdcová kráľovná sedeli

they were on their throne when Alice arrived

boli na svojom tróne, keď prišla Alice

there was a great crowd assembled around them

okolo nich sa zhromaždil veľký dav

there were all sorts of little birds and beasts

boli tam všelijaké malé vtáčiky a zvieratá

and there was the whole pack of cards

a bol tam celý balíček kariet

the knave was standing in front of them, in chains

Darebák stál pred nimi, v reťaziach

and there was a soldier on each side to guard him

a na oboch stranách bol vojak, ktorý ho strážil

near the King was the white rabbit

blízko kráľa bol biely králik

he had a trumpet in one hand

V jednej ruke mal trúbku

and he had a scroll of parchment in the other hand

a v druhej ruke mal zvitok pergamenu

In the very middle of the court was a table

Uprostred nádvoria bol stôl

on the table was a large dish of tarts

Na stole bola veľká miska koláčov

"I wish they'd get the trial done," Alice thought

"Priala by som si, aby skúšku dokončili," pomyslela si Alice

"then we could eat some of those refreshments!"

"Potom by sme mohli zjesť nejaké z tých občerstvení!"

The judge, by the way, was the king
Sudcom bol mimochodom kráľ
and he wore his crown over his great wig
a svoju korunu nosil cez svoju veľkú parochňu
"That's the jury-box," thought Alice
"To je porota," pomyslela si Alica
"and those twelve creatures, I suppose they are the jurors"
"a tých dvanásť tvorov, predpokladám, že sú porotcovia"
some were animals, and some were birds
niektoré boli zvieratá a niektoré vtáky
Just then the white rabbit cried out
Práve vtedy vykríkol biely králik
"Silence in the court!"
"Ticho na súde!"
"Herald, read the accusation!" said the king
"Herald, prečítajte si obvinenie!" povedal kráľ
the white rabbit blew three blasts on the trumpet
Biely králik trúbil na trúbku trikrát
then he unrolled the parchment-scroll

Potom rozvinul pergamenový zvitok
and he read as follows:
a čítal nasledovné:
"The queen of hearts, she made some tarts,"
"Srdcová kráľovná urobila nejaké koláče,"
"All this she did on a summer day"
"To všetko robila v letný deň"
"The knave of hearts, he stole those tarts"
"Srdcový darebák, ukradol tie koláče"
"And he took those tarts far away!"
"A tie koláče vzal ďaleko!"
"Call the first witness," said the king
"Zavolajte prvého svedka," povedal kráľ
and the white rabbit blew three blasts on the trumpet
A biely králik trúbil na trúbku trikrát
"bring the first witness!" he called out
"Priveďte prvého svedka!" zavolal
The first witness was the hat maker
Prvým svedkom bol výrobca klobúkov
he came in with a teacup in one hand
Vošiel so šálkou v jednej ruke
and he had a piece of bread and butter in the other hand
a v druhej ruke mal kúsok chleba s maslom
"You ought to have finished," said the King
"Mali ste skončiť," povedal kráľ
"When did you begin?"
"Kedy si začal?"
The hat maker looked at the march hare
Klobúčnik sa pozrel na pochodového zajaca
the march hare had followed him into the court
Pochodový zajac ho nasledoval na nádvorie
he had walked arm in arm with the dormouse
kráčal ruka v ruke s plchom
"Fourteenth of March, I think it was," he said
"Myslím, že to bolo štrnásteho marca," povedal
"Give your evidence," said the king
"Vypovedajte," povedal kráľ

"and don't be nervous, or I'll have you executed on the spot"
"a nebuď nervózny, inak ťa nechám na mieste popraviť"
This did not seem to encourage the witness at all
Zdá sa, že to svedka vôbec nepovzbudilo
he kept shifting from one foot to the other
stále sa presúval z jednej nohy na druhú
and he looked uneasily at the queen
a nepokojne pozrel na kráľovnú
and, in his confusion, he bit a large piece out of his teacup
a vo svojom zmätku odhryzol zo šálky čaju veľký kus
really he meant to bite from his bread and butter
v skutočnosti si chcel zahryznúť do chleba a masla
Just at this moment Alice felt a very curious sensation
Práve v tejto chvíli Alica pocítila veľmi zvláštny pocit
she was beginning to grow larger again
Začínala sa opäť zväčšovať
The miserable hat maker dropped his teacup
Úbohý výrobca klobúkov upustil šálku čaju
and the bread and butter fell to the ground
a chlieb a maslo padli na zem
and he went down on one knee
a pokľakol si na jedno koleno
"I'm a poor man, your majesty," he began
"Som chudobný človek, Vaše Veličenstvo," začal
"You're a very poor speaker," said the king
"Ste veľmi slabý rečník," povedal kráľ
"You may go," said the king
"Môžeš ísť," povedal kráľ
and the hat maker hurriedly left the court
a klobučník rýchlo opustil dvor
"Call the next witness!" said the king
"Zavolajte ďalšieho svedka!" povedal kráľ
The next witness was the duchess's cook
Ďalším svedkom bol kuchár vojvodkyne
She carried the pepper-box in her hand
V ruke niesla škatuľku od korenia
and the people near the door began sneezing all at once

a ľudia pri dverách začali naraz kýchať
"Give your evidence," said the king
"Vypovedajte," povedal kráľ
"I shall give no evidence," said the cook
"Nebudem svedčiť," povedal kuchár
The king looked anxiously at the white rabbit
Kráľ sa úzkostlivo pozrel na bieleho králika
and the white rabbit spoke in a quiet voice
a biely králik prehovoril tichým hlasom
"your majesty must cross-examine this witness"
"Vaše Veličenstvo musí tohto svedka krížovo vypočuť"
"Well, if I must, I must," the king said
"Nuž, ak musím, musím," povedal kráľ
"What are tarts made of?"
"Z čoho sa vyrábajú koláče?"
"tarts are made of pepper, mostly," said the cook
"Koláče sa väčšinou robia z korenia," povedal kuchár
For some minutes the whole court was in confusion
Niekoľko minút bol celý dvor zmätený
eventually they all settled down again
nakoniec sa všetci opäť usadili
but by then the cook had disappeared
ale vtedy kuchár zmizol
"Never mind!" said the king
"Nevadí!" povedal kráľ
"call to the stand the next witness"
"Zavolajte ďalšieho svedka"
Alice watched the white rabbit as he fumbled over the list
Alice sledovala bieleho králika, ako tápa v zozname
you can imagine her surprise at what she heard next
Viete si predstaviť jej prekvapenie z toho, čo počula ďalej
at the top of his shrill little voice, he called the name "Alice!"
z plného hrdla svojho prenikavého hlasu zavolal meno
"Alica!"

Alice's evidence
Alicina výpoveď

"Here!" cried Alice
"Tu!" zvolala Alica
She jumped up in a great hurry
Vyskočila vo veľkom zhone
and she tipped over the jury-box
a prevrátila porotnú lóžu
and she knocked over all the jurymen
a zrazila všetkých porotcov
and they fell on to the heads of the crowd below
a padli na hlavy zástupu pod nimi
Alice was in great dismay
Alica bola veľmi zdesená
"Oh, I beg your pardon!" she exclaimed
"Ach, prepáčte!" zvolala
"The trial cannot proceed," said the king
"Súdny proces nemôže pokračovať," povedal kráľ
"the jurymen must get back in their proper places"
"Porotcovia sa musia vrátiť na svoje správne miesta"
he repeated the order with great emphasis
Rozkaz zopakoval s veľkým dôrazom
and he looked at Alice sternly
a prísne sa pozrel na Alicu
"What do you know about these events?" the king asked Alice
"Čo vieš o týchto udalostiach?" spýtal sa kráľ Alice
"I know nothing on the subject," said Alice
"Neviem o tom nič," povedala Alica
The king then read from his book
Kráľ potom čítal zo svojej knihy
"Rule forty two"
"Pravidlo štyridsaťdva"
"All persons more than a mile high are to leave the court"
"Všetky osoby vyššie ako míľu majú opustiť súd"
"I'm not a mile high," said Alice
"Nie som ani na míľu vysoká," povedala Alice

"Nearly two miles high," said the Queen
"Takmer dve míle vysoké," povedala kráľovná

"Well, I refuse to go," said Alice
"No, ja odmietam ísť," povedala Alica
The king turned pale
Kráľ zbledol
and he shut his note-book hastily
a rýchlo zavrel svoj zápisník
"Consider your verdict," he said to the jury
"Zvážte svoj verdikt," povedal porote
he spoke in a low, trembling voice
Hovoril tichým, trasúcim sa hlasom
then the white rabbit spoke
Potom prehovoril biely králik
"There's more evidence to come yet"
"Ešte prídu ďalšie dôkazy"
and he jumped up in a great hurry
a vo veľkom zhone vyskočil
"This paper has just been picked up"

"Tento papier bol práve vyzdvihnutý"
"It seems to be a letter written by the prisoner"
"Zdá sa, že je to list napísaný väzňom"
He unfolded the paper as he spoke
Počas rozprávania rozložil papier
"It isn't a letter, after all"
"Koniec koncov, nie je to list"
"what it was was a set of verses"
"To, čo to bolo, bol súbor veršov"
"Please, your majesty," said the knave
"Prosím, Vaše Veličenstvo," povedal darebák
"I didn't write those verses"
"Tie verše som nenapísal"
"and they can't prove that I wrote anything"
"a nemôžu dokázať, že som niečo napísal"
"there's no name signed at the end"
"Na konci nie je podpísané žiadne meno"
the king spoke to the knave
Kráľ sa prihovoril darebákovi
"You must have meant to cause some mischief"
"Musel si chcieť spôsobiť nejakú neplechu"
"else you'd have signed your name like an honest man"
"inak by si sa podpísal ako čestný muž"
There was a general clapping of hands
Ozvalo sa všeobecné tlieskanie rukami
and the king turned to the white rabbit
A kráľ sa obrátil k bielemu králikovi
"Read the verses," he ordered
"Prečítajte si verše," prikázal
There was dead silence in the court
Na dvore bolo mŕtve ticho
and the white rabbit read out the verses
A biely králik čítal verše
They told me you had been to her
Povedali mi, že si bol u nej
And they mentioned me to him
A spomenuli mu mňa

She gave me a good character
Dala mi dobrý charakter
But she said I could not swim
Ale povedala, že neviem plávať
He sent them word I had not gone
Poslal im správu, že som nešiel
We know it to be true
Vieme, že je to pravda
**If she should push the matter on, what would become of
you?**
Ak by mala túto záležitosť presadzovať, čo by sa stalo s vami?
I gave her one, they gave him two
Dal som jej jednu, oni jemu dve
You gave us three or more
Dali ste nám tri alebo viac
They all returned from him to you
Všetci sa od neho vrátili k tebe
although they were mine before
aj keď predtým boli moje
If I or she should chance to be
Ak by som mal šancu byť
If I or she were involved in this affair
Keby som bol ja alebo ona zapletený do tejto záležitosti
He trusts to you to set them free
Dôveruje ti, že ich oslobodíš
Exactly as we were
Presne takí, akí sme boli
My notion was that you had been
Myslel som si, že ste boli
Before she had this fit
Predtým, ako dostala tento záchvat
An obstacle that came between
Prekážka, ktorá sa objavila medzi
Him, and ourselves, and it
On a my a to
Don't let him know she liked them best
Nedajte mu najavo, že sa jej páčia najviac

For this must for ever be a secret, kept from all the rest

Lebo to musí byť navždy tajomstvom, utajené pred všetkými ostatnými

This secret must remain a secret between yourself and me

Toto tajomstvo musí zostať tajomstvom medzi tebou a mnou

the king was very impressed

Kráľ bol veľmi ohromený

"That's the most important piece of evidence we've heard yet"

"To je najdôležitejší dôkaz, aký sme doteraz počuli"

"I don't believe those verses carry an atom of meaning," objected Alice

"Neverím, že tie verše nesú atóm významu," namietala Alice

the King had his own opinion on the matter

kráľ mal na túto vec svoj vlastný názor

"If there's no meaning in those words, that saves a world of trouble"

"Ak v týchto slovách nie je žiadny význam, zachráni to svet problémov"

"then we needn't try to find the meaning"

"Potom sa nemusíme snažiť nájsť zmysel"

"Let the jury consider their verdict"

"Nech porota zváži svoj verdikt"

"No, no!" said the queen

"Nie, nie!" povedala kráľovná

"Sentencing first—verdict afterwards"

"Najprv odsúdenie, potom rozsudok"

"Stuff and nonsense!" said Alice loudly

"Veci a nezmysly!" povedala Alice nahlas

"how silly it is to sentence the defendant first!"

"Aké hlúpe je odsúdiť obžalovaného ako prvý!"

"Hold your tongue!" said the queen, turning purple
"Drž jazyk za zubami!" povedala kráľovná a zfialovila
"I will not hold my tongue!" said Alice
"Nebudem držať jazyk za zubami!" povedala Alica
the queen shouted at the top of her voice
Kráľovná zakričala z plného hrdla
"chop off her head!"
"Odseknite jej hlavu!"
Nobody made a movement
Nikto neurobil pohyb
"Who cares what you say?" said Alice
"Koho zaujíma, čo hovoríte?" spýtala sa Alica
she had grown to her full size by this time
V tom čase už narástla do svojej plnej veľkosti
"You're nothing but a pack of cards!"
"Nie si nič iné ako balíček kariet!"
At this, all the cards rose up in the air
V tom sa všetky karty zdvihli do vzduchu
and all the cards came flying down upon her

a všetky karty na ňu prileteli
she gave a little scream
Trochu vykríkla
she was half afraid, but also angry
Bola napoly vystrašená, ale aj nahnevaná
and she tried to fight the cards off of herself
a snažila sa bojovať s kartami zo seba
and then she found herself lying on the grass bank
a potom sa ocitla ležať na trávnatom brehu
her head was in the lap of her sister
jej hlava bola v lone jej sestry
some dead leaves had landed on her face
na tvári jej pristálo nejaké mŕtve lístie
and her sister was gently brushing the leaves away
a jej sestra jemne odhrnula lístie
"Wake up, Alice dear!" said her sister
"Zobuď sa, Alenka drahá!" povedala jej sestra
"what a long sleep you've had!"
"Aký dlhý spánok si mal!"
"Oh, I've had such a curious dream!" said Alice
"Ach, mala som taký zvláštny sen!" povedala Alica
And she told her sister all she could remember
A povedala svojej sestre všetko, čo si pamätala
**all the strange adventures that you have just been reading
about**
Všetky tie zvláštne dobrodružstvá, o ktorých ste práve čítali
Alice got up and ran off
Alica vstala a utiekla
and she thought, while she ran, about her dream
a keď bežala, premýšľala o svojom sne
"what a wonderful dream it had been!"
"Aký to bol nádherný sen!"